Coordination éditoriale : Alice Liège
Maquette : Laure Massin

ISBN : 978-2-07-065634-9

Numéro d'édition : 255937
Loi n° 49-956 du 16 juillet 1949
sur les publications destinées à la jeunesse
Dépôt légal : octobre 2013
Imprimé en Chine

Illustrations
Couverture : Marguerite Courtieu, Anita Lobel,
Bénédicte Guettier, Antoon Krings, Axel Scheffler et Rosemary Wells
Page de copyright : Emma Chichester Clark
Page 1 : Rosemary Wells, Axel Scheffler, Robert Barry et Anita Lobel
Page 2 : Emma Chichester Clark, Antoon Krings,
Bénédicte Guettier et Tony Ross.
Page 3 : Emma Chichester Clark
Pages de crédits : Muriel Kerba et Ken Brown

Les 25 plus belles histoires de Noël

GALLIMARD JEUNESSE

Sommaire

La magie de Noël

Clement C. Moore • Anita Lobel

C'était la nuit avant Noël,
Dans la maison tout était calme,
Pas un cri, pas un bruit, pas même une souris…

Les chaussettes, bien sages, pendues à la cheminée,
Attendaient le Père Noël. Allait-il arriver ?

Les enfants, blottis dans leurs lits,
bien au chaud,
Rêvaient de friandises,
de bonbons et de gâteaux.

Maman sous son fichu et moi
sous mon bonnet
Étions prêts à dormir toute
une longue nuit d'hiver.

Dehors, tout à coup, il se fit un grand bruit.
Je sautai de mon lit, courus à la fenêtre,
J'écartai les volets, j'ouvris grand la croisée.
La lune sur la neige brillait comme en plein jour.
Alors parut, à mon regard émerveillé,
Un minuscule traîneau et huit tout petits rennes,
Conduits par un bonhomme si vif et si agile
Qu'en un instant je sus : c'était le Père Noël.

Plus rapides que des aigles,
Les rennes semblaient voler.
Lui, il les appelait, il sifflait, il criait:
«Allez, Fougueux! Allez, Danseur,
Fringant, et puis Renarde!
En avant, Comète! Cupidon, en avant!
Tonnerre, Éclair! Allons! Allons!
Montez sur la terrasse!
Grimpez en haut du mur!
Dépêchons! Dépêchons!
Allons, plus vite! Plus vite!»

Comme les feuilles d'automne quand souffle le grand vent
Montent tout droit au ciel sans que rien ne les arrête,
Ainsi filaient les rennes, aux crêtes des maisons,
Et le traîneau de jouets, avec le Père Noël.

Peu après j'entendis sur le toit, tout là-haut,
Piétiner, trépigner tous les petits sabots.

Comme je me retournai et fermai la fenêtre,
Le Père Noël bondit au bas de la cheminée,
Tout vêtu de fourrure, de la tête jusqu'aux pieds,
Tout sali par la suie, tout recouvert de cendres.
Avec son sac de jouets jeté sur son épaule,
On aurait dit un vagabond traînant une vieille besace.
Ses yeux – comme ils brillaient !
Et quelles joyeuses fossettes !
Sa drôle de petite bouche n'arrêtait pas de rire,
Perdue dans une grande barbe aussi blanche que la neige.
La fumée de la pipe serrée entre ses dents
Faisait un grand nuage tout autour de sa tête.
Son visage était large, et son ventre bien rond
Tremblait quand il était tout de rires secoué.
Joufflu et grassouillet, c'était un bon vieux drôle.
Et malgré moi je ris en le voyant ainsi.
Un clin d'œil de sa part, un petit mouvement de tête,
Je n'avais rien à craindre, il me le disait net.

Sans bruit, sans un mot,
il se mit au travail,
Remplit toutes les chaussettes,
et puis se retourna.

Et, un doigt sur la bouche,
avec un signe de tête,
Il s'en alla d'un bond,
comme il était venu.

Il reprit son traîneau, siffla son attelage,
Et les voilà partis, plus légers que des plumes.
Dans l'air j'entendis, avant qu'il disparaisse :

«Joyeux Noël à tous!
Et, à tous, bonne nuit!»

Noël russe

ILLUSTRÉ PAR NATHALIE NOVI

Petites clochettes et petites cloches sonnent
et résonnent
Au cou des chevaux. Petite musique, le vent
qui t'emporte
Répète avec nous tous : Noël, Noël, Noël.

Poussière de neige, dentelle légère,
Tourne et tourbillonne autour des chevaux,
Doux flocon qui danse, fleurit les crinières,
Parure de fête, Noël, Noël, Noël.

Vitesse grisante du traîneau rapide,
Notre cœur va battre au trot des chevaux,
Quand viendra la danse près de l'arbre
en fête,
Nous dirons à peine Noël, Noël, Noël.

Danse d'espérance, danse des étoiles,
Soleil nous éclaire, c'est un jour nouveau.
Le ciel illumine ! Que les oiseaux chantent,
Le printemps s'apprête. Noël, Noël, Noël.

Le Noël de Salsifi

KEN BROWN

Salsifi rendait beaucoup
de services. Il ramassait le courrier,

goûtait le gâteau, et redécorait le sapin.
Quel chien intelligent !

Mais, à la maison, personne
ne trouvait ça drôle.
– Ce n'est pas bien, Salsifi !
– Tu as déchiré les cartes de vœux.
– Tu as mis le gâteau en miettes.
– Tu as renversé le sapin
et demain, c'est Noël ! Allez, ouste !
Maintenant, dehors !

Salsifi alla trouver le cochon.
– Qu'y a-t-il, Salsifi ? lui demanda son ami.
– Ils ne veulent plus de moi dans
la maison, répondit le chien, tout triste.
Ils disent que j'ai gâché Noël.
Mais c'est quoi Noël, Cochon ?

Cochon ne savait pas. Pas plus que le cheval, la poule ou le canard. La chatte prétendait qu'elle savait, mais elle ne voulait rien dire.

– En tout cas, ça n'a pas l'air très drôle, remarqua Cochon. Allez, Salsifi, ne t'en fais pas. Et reste donc avec nous ce soir.

Salsifi se roula alors en boule dans la paille tiède, à côté de son ami. Dans son sommeil, il crut entendre quelqu'un l'appeler, mais ce n'était peut-être qu'un rêve.

Le lendemain, lorsqu'ils mirent le nez dehors, le paysage avait complètement changé. Tout était blanc.
– Dis, Cochon, tu crois que c'est ça, Noël ? demanda Salsifi.
– Sûrement pas, répondit Cochon. Ça a l'air bien trop amusant. Allez, Salsifi, viens jouer !

Et c'est ce qu'ils firent…

Ils patinèrent,

ils firent des batailles
de boules de neige

et de la luge en se laissant glisser
sur le dos et…

– Youppiiiiiiiie !

– Salsifi ! s'écrièrent les enfants.
Quel chien intelligent !
– On t'a appelé, appelé…

Tu nous as enfin retrouvés !
Mais tu ne sais donc pas ?
Aujourd'hui, c'est Noël !

Les enfants l'assirent sur la luge
et retournèrent à la maison qui était
bien chaude et tout illuminée.

Salsifi comprit enfin ce qu'était Noël.
Il y avait des paquets et même
un cadeau pour lui…

… et c'était très amusant.
« Je n'ai donc pas gâché Noël,
pensa Salsifi, tout joyeux.

Il faudra que je le dise demain
à Cochon ! »

Petit Papa Noël

RAYMOND VINCY • JEAN-FRANÇOIS MARTIN

C'est la belle nuit de Noël
La neige étend son manteau blanc
Et les yeux levés vers le ciel,
À genoux, les petits enfants,
Avant de fermer les paupières,
Font une dernière prière.

Refrain
Petit Papa Noël,
Quand tu descendras du ciel
Avec des jouets par milliers,
N'oublie pas mon petit soulier.

Mais, avant de partir,
Il faudra bien te couvrir
Dehors tu vas avoir si froid
C'est un peu à cause de moi.

Il me tarde tant que le jour se lève
Pour voir si tu m'as apporté
Tous les beaux joujoux que je vois en rêve
Et que je t'ai commandés.

Le marchand de sable est passé,
Les enfants vont faire dodo
Et tu vas pouvoir commencer
Avec ta hotte sur le dos
Au son des cloches des églises
Ta distribution de surprises.

Si tu dois t'arrêter
Sur les toits du monde entier
Tout ça… avant demain matin,
Mets-toi vite, vite en chemin.
Et quand tu seras sur ton beau nuage
Viens d'abord sur notre maison
Je n'ai pas été tous les jours très sage
Mais j'en demande pardon.

Un message pour le Père Noël

Hiawyn Oram • Tony Ross

Il était une fois une petite fille qui s'appelait Rebecca.
Rebecca adorait Noël. Elle adorait préparer les décorations de Noël.
Et elle aimait plus que tout les histoires de Noël.

Elle aimait penser aux cadeaux qu'elle allait peut-être recevoir.
Des cadeaux enveloppés dans de beaux papiers qui attendaient d'être ouverts. Ses yeux brillaient, son cœur battait fort et elle sentait ses jambes devenir toutes molles lorsqu'elle passait devant les vitrines des magasins de jouets.

Mais, il y avait un grand mais, un énorme MAIS, il y avait quelque chose qu'elle n'aimait pas du tout, et cela lui serrait le cœur et elle sentait ses jambes devenir dures comme des bâtons.
Ce quelque chose, c'était le PÈRE NOËL.

Un jour, sa grand-mère l'avait emmenée voir le Père Noël de plus près et elle avait enfoui sa tête dans son manteau pour se cacher.

Et, la veille de Noël, après avoir pris son bain et enfilé son pyjama, elle avait commencé à boucher la cheminée.

– Mais, ma chérie, le Père Noël est très bon et très gentil, disait sa maman.
– Il ne passera pas par notre cheminée.

– Mais tous les enfants du monde adorent le Père Noël. Ils aiment ses rennes, son traîneau magique et le *you lou lou* qu'il chante, disait la maman tout en sortant deux énormes chaussettes rouges d'un tiroir.
Mais Rebecca continuait à boucher la cheminée.
– Il ne passera pas par notre cheminée, disait-elle d'une voix très ferme.

– Bon, eh bien, puisque c'est comme ça
il est préférable de le prévenir, dit la maman.
Et elle se dirigea vers le téléphone.
– Allô, Groenland 888. Bonjour, puis-je parler
au Père Noël, s'il vous plaît ? Oh ! Il est déjà parti,
vraiment ? Il y a très longtemps ? Merci beaucoup.
Au revoir.

– Eh bien, dit-elle en revenant dans la cuisine
afin de préparer des sablés en forme de bonhomme
de neige, comme tu l'as entendu, il est déjà
en chemin. Alors voilà ce que j'aimerais que tu fasses.
J'aimerais que tu restes gentiment assise ici
pour goûter un sablé, que tu fermes les yeux
et que tu imagines que tu es le Père Noël…

… imagine que tu as voyagé toute la nuit,
tu as déposé des cadeaux aux petits enfants tristes
et seuls qui n'en reçoivent pas souvent…

… et maintenant tu viens d'arriver sur notre toit,
tu es fatigué, tu as faim, les rennes commencent
à s'énerver, et ton sac semble toujours aussi lourd…
quelle serait la chose la plus désagréable
qui pourrait t'arriver ?

– Rester coincé dans une cheminée qui aurait été bouchée.

– Exactement, répondit la maman, et lorsque tu auras réussi à te dégager, tu auras toujours les cadeaux et, comme tu ne sauras pas quoi en faire, tu iras les donner à la petite Olga qui habite la maison d'en face…

– Bon d'accord, dit Rebecca, en ouvrant les yeux, il peut venir ici. Mais alors il passera par cette porte, il fera un pas dans la maison, pas un de plus et il déposera les cadeaux sur la table de la cuisine.

– D'accord, répondit la maman. Et elles écrivirent toutes les deux un petit message qu'elles placèrent dans la cheminée à l'aide d'un long bâton, pour être sûres que le Père Noël le verrait.

«Ne passez pas par la cheminée, passez par la porte de la cuisine, faites un pas et n'allez pas plus loin, déposez les cadeaux sur la table.
Merci beaucoup et joyeux Noël.»

Beaucoup plus tard, Rebecca entendit le Père Noël sur le toit.
– Tiens, tiens, tiens, disait-il. Ce message a dû être écrit par quelqu'un qui n'a pas une grande confiance dans le Père Noël. Quelqu'un qui a même peut-être un peu *peur* du Père Noël.

Ce qui ne me surprend pas car, moi aussi, je suis effrayé par les personnages que je ne rencontre jamais, comme cette petite souris qui vient chercher les dents sous l'oreiller lorsqu'on dort…
Et, comme cette petite personne a eu le courage de me le dire, il faut que je fasse attention et que je suive ses instructions…

Alors Rebecca l'entendit glisser sur le toit, sauter sur le gravier et ouvrir la porte de la cuisine.

Il déposa les cadeaux sur la table. Il caressa le chat. Il mangea un morceau de gâteau. Il écrivit à Rebecca et à sa sœur un petit mot de remerciements.

Puis il partit, très réconforté.

Et le matin, quand Rebecca descendit et découvrit qu'il avait fait tout ce qu'elle lui avait demandé sans avancer d'un pas de plus dans la cuisine, elle rougit de plaisir et ouvrit ses cadeaux.

Elle aida sa petite sœur à ouvrir les siens.

Elle mangea un petit ange en chocolat
qui était tombé du sapin.

Elle alla dans un petit coin, prit son nouveau téléphone et composa le numéro du Père Noël.
– L'année prochaine, Père Noël, lorsque tu viendras nous voir, si tu es fatigué, repose-toi un peu sur le canapé.

À partir de ce jour la petite Rebecca n'eut plus honte de dire qu'elle avait peur de quelque chose.

Et, même si elle ne savait pas encore lire, elle connaissait par cœur la lettre du Père Noël et faisait semblant de la lire à sa petite sœur.

PÈRE NOËL / PÔLE NORD

Chères Rebecca et Agathe
Merci beaucoup pour le gâteau
et le jus de fruits, et surtout merci
de m'avoir évité de descendre
par la cheminée et d'y rester coincé !
À l'année prochaine

Votre Père Noël préféré

A+E=BALBUSSO

Noël à La Nouvelle-Orléans

JEAN JOURDAN • ANNA ET ELENA BALBUSSO

À La Nouvelle-Orléans, il y a
des tas d'enfants
Qui chantent Noël en frappant
dans leurs mains,
Whoo.
À La Nouvelle-Orléans, Noël a des accents,
De jazz et de blues, Noël a la peau noire,
Whoo.

Tout doucement pour ne pas réveiller
L'Enfant qui sommeille
Des musiciens sont venus célébrer
Un joyeux Noël.
Un vieux banjo a choisi des accords
Remplis de merveilles
Et ses copains se sont tous mis d'accord
Pour chanter Noël.

Glory, Alléluia
La bonne nouvelle,
Glory, Alléluia
Venez chanter Noël.
Glory, Alléluia
L'Enfant nous appelle,
Glory, Alléluia
Ah, quel joyeux Noël !

À La Nouvelle-Orléans, regardez
tous ces enfants
Qui dansent Noël en frappant
dans leurs mains,
Whoo.
À La Nouvelle-Orléans, Noël a des accents,
De jazz et de blues, Noël a la peau noire,
Whoo.

Glory, Alléluia
Chante la trompette
Glory, Alléluia
Lui répond le piano
Glory, Alléluia
Le tuba répète
Glory, Alléluia
Lui rechante l'écho.
Glory, Alléluia
Glory, Alléluia

Pénélope, demain, c'est Noël !

D'APRÈS
ANNE GUTMAN • GEORG HALLENSLEBEN

Pénélope se lève toute contente, ce matin.
« Demain ce sera mon jour préféré... »
pense-t-elle.
Son jour préféré, tu sais lequel c'est ?

... Demain, c'est Noël !

Dehors, tout est recouvert de neige,
Pénélope est ravie.
– Maman, Papa, vous avez vu la neige ?
crie Pénélope.
– Bonjour, Pénélope, répond Papa.
– Tu pourras faire un bonhomme de neige
avec Merlin, dit Maman.

– Merlin va venir chez nous ? demande
Pénélope.
– Oui, il va venir pour le réveillon, répond
Papa.
– Le réveillon, qu'est-ce que c'est ? demande
Pénélope.
Et toi, est-ce que tu le sais ?

– Le réveillon, c'est un grand dîner très, très bon, avec un gâteau de Noël et plein d'invités.
– Je les connais, les invités ? demande Pénélope, très curieuse.
– Grimpe, répond Papa, je vais te montrer.

– Il y aura Merlin et les petits jumeaux Milo et Madeleine, Marie-Christine et Oncle Nicolas, et aussi Grand-Père et Mamie.
– J'adore le réveillon ! crie Pénélope.

Pénélope aide Papa à préparer la fête. Ensemble, ils décorent toute la maison avec des guirlandes et des étoiles brillantes.

Pendant ce temps, c'est Maman qui a décoré le sapin.
– Je te laisse terminer, Pénélope, lui dit-elle. Tu l'avais si bien fait l'année dernière...

– C'est vrai que le sapin n'est pas encore
assez décoré, dit Pénélope.
Je vais aller chercher des choses
dans ma chambre pour les accrocher.

– Ah ! voilà, j'ai trouvé : un petit nounours,
ce sera très joli ! J'espère que Madeleine
n'essayera pas de tirer dessus pour jouer avec...
ça ferait tout tomber.

– Mon chapeau de soleil, ça ira très bien !
En plus, si je mets mes jouets sur le sapin,
ça range ma chambre...
Quelle coquine, cette Pénélope !

– Papa, Maman, venez voir comme
c'est beau !
Maintenant que le sapin est décoré,
le Père Noël peut venir, tout est prêt !

– J'espère que le Père Noël va m'apporter le vélo que j'ai demandé... chuchote Pénélope. Et toi, que voudrais-tu comme cadeau, un vélo, comme Pénélope ?

– Hum ! Ça sent bon ! Qu'est-ce que tu fais cuire, Papa ? demande Pénélope.
– Des choses que tu adores, répond Papa, tu verras.
– Tu fais cuire des bonbons ? demande Pénélope.
– Non, pas vraiment, répond Papa, en riant.

– Et, Maman, qu'est-ce que tu fais ? Mon gâteau préféré ! crie Pénélope. Le gâteau aux bonbons ! J'avais raison, on va manger des bonbons, j'adore le réveillon !

– C'est moi qui mets la table, dit Pénélope. Une assiette pour Papa, une assiette pour Maman, une pour Grand-Père, une autre pour Mamie, une pour Marie-Christine, une pour Oncle Nicolas, une pour Merlin, une pour Milo et la dernière pour Madeleine. Voilà !

Mais Pénélope est un peu tête en l'air, elle a oublié quelqu'un. Tu sais, toi, qui elle a oublié ?
– Mon assiette ! dit Pénélope. J'ai oublié de me compter !
Cette fois, tout est prêt, quand... DRINGG ! On sonne à la porte.

– J'arrive ! crie Pénélope.
Toute la famille de Pénélope est là.
– Entrez vite, il fait froid.

– Ça va être trop bien, explique Pénélope à ses cousins : on va manger le plat très bon de Papa et le gâteau aux bonbons de Maman. Et ensuite, on ne va pas dormir du tout pour voir le Père Noël, d'accord ?

– D'accord ! répondent Merlin, Milo et Madeleine, ravis.
Pénélope et ses cousins verront-ils le Père Noël, cette nuit ? Et toi, tu l'as déjà vu ?
En tout cas, c'est sûr, ils vont bien s'amuser !
Joyeux Noël, Pénélope !
Joyeux Noël, tout le monde !

Benjamin, le Père Noël du jardin

Antoon Krings

Benjamin prit la lettre que la sauterelle venait de glisser sous sa porte et l'éleva à hauteur de ses yeux. « Père Noël ! Mais qu'est-ce que ça veut dire ? s'exclama-t-il. Cette factrice est complètement timbrée. Voilà maintenant que je reçois le courrier du Père Noël. Je n'ai pourtant pas une tête à faire des cadeaux. » Poussé par la curiosité, le lutin ouvrit quand même la lettre et se mit à lire : « Cher Benjamin, je voudrais que tu m'apportes une boîte de bijoux, des chouchous pour mon doudou et des scoubidous, car je sais que tu es le vrai Père Noël et je suis un gentil petit pou qui t'aime beaucoup. »
Signé Loulou.

« Pauvre Loulou, il va être bien déçu quand il connaîtra la vérité », soupira le lutin. « Enfin, mieux vaut une petite visite amicale qu'un retour à l'envoyeur », pensa-t-il gentiment en allant le voir. Lorsqu'il arriva au salon de coiffure du pou, ce dernier lâcha peignes et ciseaux, et commença à chanter :
« Doo-ou-ouce nuit, sain-ain-ain-te nuit… »
« Attends, attends, lui dit Benjamin nerveusement, j'ai quelque chose à te dire ! » Et sans détour il lui avoua qu'il n'était pas le Père Noël. « D'ailleurs, conclut-il, je suis un vieux bonhomme et il y a belle lurette que je n'y crois plus. »

– Et mes petits souliers, alors ? demanda le pou avec anxiété.
– Eh bien, je suppose que tu les garderas aux pieds le soir de Noël, répondit le lutin.
– Ouuiin ! C'est pas juste ! s'écria Loulou en pleurs. Tu fais plein de cadeaux aux enfants, et pas à moi !
– Arrête de pleurer, tu vas nous faire remarquer ! supplia Benjamin. Arrête, je te dis, ou tu ne les auras pas, tes cadeaux !
Loulou s'arrêta net.
– Bon, d'accord, tu les auras, mais, en échange, il faut que tu me promettes de te taire, et surtout de n'en parler à personne, compris ?
– Motus et mouche cousue, chuchota le pou en lui faisant un sourire complice.

Malheureusement, Loulou ne savait pas tenir sa langue, et le jour suivant fut la pire journée de Benjamin. Amis, petits voisins et connaissances de tout poil lui envoyèrent par dizaines lettres et listes de cadeaux. Affolé, le lutin se précipita aussitôt dans le jardin en criant que c'était une méprise, qu'il n'avait rien à voir avec ce maudit Père Noël. Mais en vain ! Il avait beau s'époumoner à leur expliquer, tous faisaient la sourde oreille.

– Je ne veux pas être le Père Noël,
je refuse d'être le Père Noël,
maugréa-t-il en s'éloignant et, pour être
tout à fait sûr de ne pas le devenir,
il décida de jeter les lettres le soir même
et de les abandonner aux quatre vents.
Or, cette nuit-là, le vent du Nord
se leva et ramassa une à une
les précieuses lettres…

Le lendemain matin, le lutin réapparut
dans le jardin. Retrouvant avec joie
sa brouette et ses outils, il se mit au travail
comme si de rien n'était. Mais
ses petits amis ne l'avaient pas oublié.
Ils venaient régulièrement
le voir, l'encourager, l'aider, bref
tout le monde était plein de sollicitude
pour le vieux bonhomme à la barbe
blanche, et Benjamin commença
à trouver très agréable de jouer
les faux Pères Noël.

Il suffisait qu'il ait une petite envie de miel pour qu'on lui en apporte aussitôt un grand pot, qu'il désire une poignée de noisettes pour qu'il en reçoive tout un sac. Bientôt, il n'eut plus besoin de faire son potager, de couper son bois, ou même de balayer les feuilles mortes devant sa porte.
– Le pauvre a bien assez de travail comme ça, chuchotaient ses voisins qui le surprenaient parfois le matin en train de souffler son bout de chandelle avec un air mystérieux.
– Regardez-le, il a encore veillé toute la nuit, murmuraient-ils.

Bien sûr, aucun d'entre eux n'imaginait que leur Père Noël n'était en fait qu'un gros gourmand qui s'arrondissait chaque jour un peu plus, un vilain paresseux qui cachait bien son jeu et dont la hotte restait désespérément vide. Seulement, plus le grand soir approchait, plus notre jovial bonhomme faisait grise mine. Il se voyait déjà poursuivi par une nuée d'insectes furieux, chassé par une foule de petites bêtes en colère, l'insultant et le traitant de tous les noms :
« Vieille noix, t'as pas fait ton boulot ! Escroc, où sont nos cadeaux ? »

«Oh! mon Dieu, demain c'est Noël, et je vais devoir déménager.»
L'idée de perdre son jardin et ses généreux voisins sembla soudain électriser Benjamin, qui se mit à ramasser frénétiquement ses petites affaires: un bric-à-brac de babioles sans intérêt qu'il s'empressa d'envelopper d'un peu de papier, de quelques rubans et qu'il nomma avec fierté:
«Cadeaux de Noël».
La nuit venue, il vida son panier à linge et en fit une hotte. Après l'avoir remplie et hissée sur ses épaules, il entrouvrit sa porte et se précipita dehors.

Il s'arrêta devant la maison la plus proche et jeta un coup d'œil par la fenêtre.
– Juste ciel! s'écria-t-il. Est-ce que je rêve?
Il se glissa jusqu'à la maison suivante, s'arrêta et regarda de nouveau par la fenêtre.
– Mais c'est merveilleux!
Puis il repartit. Il s'arrêta ainsi devant chaque maison, jeta le même coup d'œil à chaque fenêtre pour s'écrier finalement avec stupéfaction:
– Les cadeaux! Les cadeaux sont arrivés!

Mais ce qu'il vit l'instant d'après était bien plus merveilleux et plus extraordinaire encore. Devant lui se dressait, majestueux, le traîneau du Père Noël. Benjamin ne pouvait en croire ses yeux.
– Oh ! C'est trop beau ! C'est trop beau ! s'écria-t-il, bouleversé.
– Eh, voyez donc qui arrive ! dit un renne en secouant ses clochettes d'argent. Il y a déjà un bon moment qu'on t'attend. Allez, grimpe, petit père, grimpe !
Et les six rennes éclatèrent de rire en voyant détaler, comme un lapin, le tout petit lutin déguisé en Père Noël.

Il fallut attendre le matin de Noël, les cris de joie devant les cadeaux, les chants, les danses autour du sapin, pour le voir réapparaître à sa porte.
– Joyeux Noël, Adèle ! Alors, pas de courrier pour le Père Noël, ce matin ?
– Si, justement… Enfin non, pas exactement… Il y a bien une lettre pour toi, Benjamin, mais c'est une lettre du Père Noël, du vrai Père Noël, je veux dire. Il te remercie pour ton aide et te dit que… Tiens, lis toi-même la suite.
Benjamin saisit la lettre et lut à voix basse :
– … Mais, l'année prochaine, je t'en prie, laisse-moi faire le boulot.
Signé Père Noël.

Les anges dans nos campagnes

Les anges dans nos campagnes
Ont entonné l'hymne des cieux,
Et l'écho de nos montagnes
Redit ce chant mélodieux :
Gloria in excelsis Deo (*bis*)

Bergers, pour qui cette fête ?
Quel est l'objet de tous ces chants ?
Quel vainqueur, quelle conquête
Mérite ces cris triomphants ?
Gloria in excelsis Deo (*bis*)

Ils annoncent la naissance
Du libérateur d'Israël
Et, pleins de reconnaissance,
Chantent ce jour solennel :
Gloria in excelsis Deo (*bis*)

La nuit du berger

Michael Morpurgo • Quentin Blake

En vérité, une fois que nous n'étions plus des enfants, nous n'arrivions plus à croire à l'histoire de Grand-Père, plus autant que nous l'aurions voulu. Elle était trop invraisemblable, trop irréelle. Mais nous aimions toujours l'entendre. Les nuits de Noël n'auraient pas été les mêmes sans elle.

Grand-Père racontait son histoire quand nous gardions les moutons sur la colline, la nuit. Il nous y rassemblait toujours la veille de Noël, car c'était là qu'il avait passé tant d'années avant que l'événement ne se produise. Enveloppés dans nos capes, blottis autour du feu, les moutons bougeant près de nous dans l'obscurité, nous attendions que le récit commence. Et il en fut ainsi, la nuit dernière. Grand-Père remua les braises avec son bâton de berger et envoya une pluie d'étincelles dans le ciel nocturne.

Quand j'étais petit, commença-t-il, je croyais que toutes les étoiles étaient faites d'étincelles comme celles-ci, d'étincelles qui ne s'étaient jamais éteintes et qui dureraient toujours.

Puis une nuit, je devais avoir neuf ou dix ans, il s'est produit quelque chose de merveilleux, de miraculeux. Mon père et Oncle Zac étaient là, avec mes frères aînés, Ruben et Jacob. Nous étions tous fatigués et nerveux. La journée avait été longue et dure. Nous avions perdu deux agneaux la veille, mangés par un loup peut-être, ou par un chacal. Personne ne chantait autour du feu, ce soir-là. Personne ne parlait non plus. Je me rappelle que je tisonnais le feu avec mon bâton de berger, en lançant des étincelles haut dans le ciel, comme j'aimais le faire. C'est alors que c'est arrivé.

Au lieu de se disperser, comme j'avais appris désormais que le font les étincelles, elles semblèrent jouer les unes avec les autres, puis former une figure, une figure humaine.

Soudain, cette apparition fut baignée d'une lumière radieuse et plana au-dessus de nous, les ailes déployées. C'était un ange !

Je me jetai dans les bras de mon père et enfouis ma tête dans son épaule. Lorsque j'osai de nouveau regarder, Oncle Zac, Ruben et Jacob étaient couchés, le visage contre terre, Jacob sanglotant comme un bébé. Le troupeau s'était dispersé et bêlait pitoyablement.

– Je suis désolé de vous tomber dessus d'une façon aussi inattendue, dit l'ange. Et, au bruit de sa voix, les moutons s'apaisèrent. C'est sûrement un choc terrible. Mais, croyez-moi, vous n'avez rien à craindre, rien du tout.

La chaleur réconfortante de sa voix et la douceur qui émanait de lui nous rassurèrent aussitôt. Oncle Zac, Ruben et Jacob s'agenouillèrent. Leur visage n'exprimait plus la peur, mais le respect et l'émerveillement. Les moutons se rapprochaient de nous, regardant l'ange avec adoration, comme s'il était leur berger. Oncle Zac osa parler le premier.

– Êtes-vous vraiment un ange ? murmura-t-il.

– Oui, répondit l'ange. Je m'appelle Gabriel.

– Existez-vous réellement ? demanda Père, en me serrant aussi fort contre lui que je le serrais moi-même. Ou bien êtes-vous un rêve ?

– Je ne suis pas un rêve, répondit l'ange Gabriel, mais bien réel et ce que je suis venu vous dire est vrai. Je vous apporte une grande nouvelle. Cette nuit, à quelques lieues d'ici, à Bethléem, un enfant est né, un Sauveur qui est le Christ Notre Seigneur. Il apportera la paix et la bonne volonté sur la terre entière. Pendant que je parle, cet Enfant Roi, ce Fils de Dieu et fils d'un homme, est enveloppé dans des langes et couché dans une crèche. Je vois à vos visages que vous ne me croyez pas.

– Les rois naissent dans des palais, dit Père.

– Pas celui-ci, répondit l'ange. Mais il faut le voir pour y croire, n'est-ce pas ? Voulez-vous venir à Bethléem ? Voulez-vous voir de vos propres yeux ?

– Nous irons, bien sûr que nous irons, dit Oncle Zac, en se relevant. Mais comment le trouver ? Il y a des dizaines d'étables à Bethléem. Comment savoir dans laquelle il se trouve ?

– C'est simple, dit l'ange Gabriel. Quand j'aurai disparu, vous verrez une étoile à l'est. Suivez-la et elle vous conduira tout droit à l'étable. C'est là que vous trouverez le bébé. Qu'attendez-vous ? Voulez-vous y aller, oui ou non ?

– Pourquoi nous ? demanda Oncle Zac. Pourquoi nous avez-vous choisis ?

– Parce que, répondit l'ange Gabriel, parce que lui aussi sera berger comme vous, un jour, non pas d'un troupeau de moutons, mais de toute l'humanité.

– Je n'aime pas ça, murmura Ruben à Oncle Zac. Comment savoir si c'est vrai ? C'est peut-être un truc, pour nous éloigner de nos moutons.

– Oh ! là, là ! soupira l'ange Gabriel. Je vois qu'il va falloir vous convaincre.

Tandis qu'il parlait, le ciel se remplit soudain de centaines d'anges, dont le chant retentit sur la terre entière.

– Gloire à Dieu au plus haut des cieux ! Et paix sur la terre aux hommes de bonne volonté !

Tout en chantant, ils voltigeaient au-dessus de nous, et leurs ailes battantes envoyèrent un grand coup de vent sur les braises, d'où s'élevèrent alors des flammes rugissantes.

Ruben, Jacob et Oncle Zac étaient de nouveau couchés face contre terre, mais moi, je regardais. Je regardais tout le temps. Je ne voulais rien manquer. Je n'avais pas peur du tout, j'étais fasciné.

Les anges disparurent aussi soudainement qu'ils étaient apparus, l'ange Gabriel aussi, nous laissant seuls avec notre troupeau dans le silence et l'obscurité de la colline. Nos yeux mirent un moment à se réaccoutumer à la nuit noire. Père ajouta du bois dans le feu et, lorsque les étincelles s'élevèrent, je m'attendais à moitié à ce qu'elles se transforment à nouveau en ange Gabriel mais, cette fois, elles s'évanouirent simplement dans l'obscurité.

– Regardez ! murmura Oncle Zac. Levez les yeux vers l'est. Cette étoile ! Elle bouge !

C'était vrai : une étoile se déplaçait à l'est, au-dessus de l'horizon, l'étoile la plus brillante que j'avais jamais vue.

– Allons-y. Suivons-la, dit Oncle Zac. Nous devons savoir si ce Sauveur est vraiment venu, si l'Enfant Roi est là.

– Et les moutons ? demanda Père. Qui gardera les moutons ? Nous ne pouvons pas les abandonner.

– Moi, je ne reste pas, dirent Ruben et Jacob d'une seule voix.

Soudain, voyant tous les yeux tournés vers moi, je compris le tour que prenaient les choses.

– Pourquoi moi ? protestai-je. Et s'il y a des loups ? S'il y a des chacals ?

– Il a peur du noir, se moqua Jacob. C'est une poule mouillée.

– Tu as le feu pour te protéger, me dit Oncle Zac. Ils n'approcheront pas du feu.

– Nous ne serons pas absents longtemps, mon fils.

Père avait beau paraître plus compatissant que mes frères, il partait quand même avec eux. On me laissait seul.

– Bethléem est juste derrière la colline. Nous reviendrons avant l'aube.

– Si nous emmenions le troupeau avec nous ? les implorai-je. Nous pourrions tous y aller.

– On ne peut pas faire avancer les moutons dans le noir, espèce d'idiot, dit Ruben.

– Mais pourquoi moi ? m'écriai-je. C'est uniquement parce que je suis le plus jeune. Ce n'est pas juste.

Personne ne m'écoutait.

– Ne t'inquiète pas, dit Père, en essayant de me consoler tandis qu'ils s'apprêtaient à partir. Nous te raconterons tout sur le bébé quand nous reviendrons. Promis. Occupe-toi simplement du feu et surveille le troupeau. Tu n'as rien à craindre.

Et ils me quittèrent, ombres furtives dans la nuit. Je ne m'étais jamais senti aussi seul, ni aussi malheureux.

Assis près du feu, je serrai ma cape autour de moi, maudis le sort d'être le plus jeune, maudis mon père de m'avoir abandonné, et pleurai toutes les larmes de mon corps.

Je levai la tête, poussai un long gémissement de colère et de désespoir qui résonna par-delà les collines.

– Ce n'est pas juste ! Ce n'est pas juste !

Lorsque l'écho mourut, je m'aperçus soudain que je n'étais plus seul. Là, assis en face de moi, à la lumière rougeoyante du feu, se tenait l'ange Gabriel.

– Tu n'as pas l'air très heureux, dit-il. Ils t'ont laissé, c'est ça ? Il fallait bien que quelqu'un garde les moutons, non ?

– Si, dis-je, immensément soulagé de ne plus être seul.

– Mais tu as raison, poursuivit l'ange Gabriel, quand tu dis que la vie n'est pas juste. J'ai donc eu une idée pour la rendre un peu plus juste. Je pourrais t'emmener jusqu'à l'étable. Nous pourrions faire un vol aller-retour en un éclair, et personne ne saurait même que tu es parti.

– Vous pourriez m'emmener là-bas sur vos ailes ? m'écriai-je, plus excité que je ne l'avais jamais été. Vous pourriez vraiment faire ça ?

– C'est un jeu d'enfant, dit-il.

À ce moment-là, une brebis et son agneau vinrent s'allonger à côté de moi, comme pour me rappeler mon devoir. Je savais que je ne pouvais pas les abandonner.

– Le troupeau, dis-je, soudain abattu. Il n'y aurait plus personne pour le garder.

– Aurais-tu oublié mon chœur céleste ? demanda l'ange Gabriel. Ils ne savent pas seulement chanter, tu sais.

Tandis qu'il parlait, le ciel au-dessus de nous s'illumina et, flottant dans la lumière, les anges descendirent vers nous – qui sait combien ils étaient ? –, atterrissant légèrement au milieu des moutons, qui ne semblèrent pas s'inquiéter le moins du monde.

– Ça suffira pour faire le travail, non ? dit l'ange Gabriel en riant. Et maintenant, monte ! Nous n'avons pas un instant à perdre.

Je lui obéis. Sans lâcher mon bâton de berger, je sautai sur son dos et me cramponnai. Je laissai le troupeau à ses anges gardiens, passai mes bras autour du cou de l'ange Gabriel et décollai.

– Accroche-toi, dit l'ange en riant, mais ne m'étrangle pas, sois gentil !

C'est ainsi que nous nous élevâmes dans le ciel, en laissant les moutons en bas, avec les anges gardiens comme bergers.

Nous survolions les miroirs noirs des rivières, montions et descendions au-dessus des collines, les grandes ailes battant l'air avec force et douceur. Nous suivions toujours notre étoile vers l'est. J'aurais voulu que cela ne finisse jamais, malgré le froid qui engourdissait mes doigts, mon visage, et faisait pleurer mes yeux. Je vis scintiller les lumières de la petite ville en dessous de nous et, là où l'étoile s'était arrêtée, celle de l'étable tout en bas. Nous descendîmes doucement jusqu'à terre, pour atterrir dans la cour d'une auberge.

La ville endormie s'étendait autour de nous, immobile et silencieuse, à l'exception de deux chiens qui aboyaient l'un contre l'autre. Des chats passaient, furtifs, les yeux luisants dans les ruelles obscures.

– Vas-y tout seul, dit l'ange Gabriel. La mère s'appelle Marie, le père, Joseph. Vas-y, maintenant.

La lueur jaune et vacillante d'une lampe semblait m'inviter à entrer. La porte était entrouverte. Je fis un pas en avant.

L'étable ressemblait à toutes celles que je connaissais – chaude, poussiéreuse, odorante. Deux ânes couchés côte à côte, leurs grandes oreilles aux aguets, me suivirent des yeux avec une indifférence rêveuse. À la faible lueur de l'étable, je vis plusieurs boeufs qui ruminaient, grognant de satisfaction.

L'un d'eux enfonça profondément sa langue dans ses naseaux, juste au moment où je passais. Je ne voyais pas de bébé, pas d'Enfant Christ, pas de Roi. Je commençais à me demander si l'ange ne s'était pas trompé d'endroit. Puis, du fond de l'étable, une voix d'homme s'éleva :

– Nous sommes là, dit-il. Avec les moutons. Attention de ne pas trébucher sur eux.

Je me frayai un passage entre les moutons. Un agneau sortit soudain de l'ombre et téta furieusement sa mère, en remuant la queue avec un plaisir sauvage.

C'est alors que je les vis, leur visage brillant sous la lumière de la lampe.

– Approche, dit Marie. Tu ne le dérangeras pas. Il est bien réveillé.

Elle était assise, adossée contre le foin, et berçait le bébé dans ses bras. De lui, je ne vis qu'un visage rose et une main minuscule qu'il agita un peu, avant de la fourrer promptement dans sa bouche. Il me regardait droit dans les yeux, puis, lorsqu'il enleva son poing de sa bouche, il sourit. Ce sourire, je ne l'ai jamais oublié, il contenait tant d'amour qu'aujourd'hui encore, il me remue le cœur chaque fois que j'y pense.

Je m'accroupis dans la paille à côté d'eux et, lorsque je lui donnai mon doigt, il le serra dans sa main comme s'il ne voulait plus le lâcher.

– Il est fort, dis-je.

– Il faudra qu'il le soit, répondit Joseph.

Nous parlions tous trois à voix basse, et Joseph me dit qu'il avait honte de ne pas avoir trouvé un meilleur endroit pour que Marie donne naissance à son enfant, mais qu'il n'y avait de place nulle part à Bethléem, dans aucune auberge.

– Tout va bien, dit Marie. Il fait chaud ici, et la crèche, avec son foin douillet, est un bon berceau. Il a tout ce dont il a besoin, et même sa première visite. Veux-tu le prendre dans tes bras ?

Je n'avais jamais tenu de bébé avant – beaucoup d'agneaux, mais jamais de bébé. Joseph me montra comment faire. Je découvris que les bébés sont plus faciles que les agneaux. Ils gigotent moins.

– Quel est son nom ? demandai-je en le berçant dans mes bras, espérant par-dessus tout qu'il ne pleurerait pas.

– Jésus, dit Marie. Nous l'appelons Jésus.

Ainsi, pendant quelques précieuses minutes, j'ai tenu dans mes bras l'enfant qui depuis lors a été la lumière de ma vie.

Je restai jusqu'à ce qu'ils le recouchent dans le foin de la crèche, jusqu'à ce qu'il s'endorme, et Marie aussi. Puis Joseph, écartant les brebis, me raccompagna à la porte de l'étable pour me dire au revoir.

– D'autres visiteurs viendront peut-être cette nuit, dit-il. Mais tu as été le premier. Nous ne t'oublierons pas.

– Moi non plus, répondis-je. À ce moment seulement, alors que j'allais partir, je me rendis compte que j'avais oublié quelque chose.

– Lorsqu'un enfant naît dans notre village, chacun lui apporte un présent. C'est tout ce que j'ai à lui offrir, dis-je, en lui tendant mon bâton de berger. Mon père l'a fait pour moi. D'après lui, il devrait durer toute une vie.

– Merci, dit Joseph, en passant sa main le long du bâton. C'est du bon travail, un travail d'artisan. Ce sera son plus beau cadeau.

Sur ce, il se retourna et rentra à l'intérieur.

Quelques instants plus tard, l'ange Gabriel m'emmena sur son dos, au-dessus des murs de la cour de l'étable, au-dessus de la ville endormie, s'éloignant de la lumière de l'étoile pour retourner vers l'obscurité des collines.

Tandis que nous volions, je me posais mille questions. Je voulais tout savoir sur Jésus, cet Enfant Roi qui allait sauver le monde.

– Comment fera-t-il ? criai-je dans l'oreille de Gabriel, contre le bruit du vent. Comment nous apportera-t-il la paix et la bonne volonté ?

L'ange Gabriel continuait de voler sans jamais répondre. On aurait dit qu'il ne m'entendait pas. Ce n'est qu'après s'être posé au milieu des moutons et des anges gardiens qu'il me donna une réponse.

– L'amour, dit-il. Il nous apportera l'amour, et grâce à l'amour nous aurons enfin la paix et la bonne volonté sur la terre. Mais, à présent, veille à entretenir le feu, sois gentil.

Ce furent les derniers mots qu'il m'adressa. Il n'y eut pas d'adieux. Le temps était trop court. Il s'envola aussitôt dans le ciel, suivi des autres anges, comme autant de signaux étincelants dans la nuit. Et, tandis qu'ils s'éloignaient, j'entendis d'abord le chant de leurs ailes, puis le chant de leurs voix. Toute la terre retentit d'un son si joyeux que je crus que mon cœur allait éclater.

– Gloire à Dieu au plus haut des cieux ! Et paix sur la terre aux hommes de bonne volonté !

Doucement, la musique s'évanouit et la lumière disparut. Je me sentis soudain seul dans la nuit jusqu'à ce que les moutons se rassemblent autour de moi. Ils partageaient le même émerveillement que moi, je le sais, devant les prodiges auxquels nous venions d'assister.

Père et les autres revinrent juste après le lever du soleil, très contents d'eux, avec plein de choses à raconter, bien sûr. Ils avaient suivi l'étoile, trouvé l'étable et l'Enfant Roi enveloppé dans ses langes. Il s'était endormi dans sa crèche dès leur arrivée, dirent-ils.

– Quel dommage que tu n'aies pas été avec nous ! ricana Ruben.

– Ensuite, trois Rois venus des lointaines terres de Perse sont entrés, et il n'y avait plus de place pour nous, il a donc fallu partir, dit Oncle Zac, qui semblait plutôt contrarié.

Tu aurais dû voir les présents qu'ils ont apportés : de l'or, de l'encens, de la myrrhe. Nous n'avions rien à lui offrir, si ce n'est nos bâtons de berger, et nous pouvions difficilement les lui donner, non ?

– Nous nous sentions vraiment stupides, ajouta Jacob.

– Les moutons vont bien ? me demanda Père. Pas de problème pendant que nous n'étions pas là ?

– Aucun, répondis-je. Aucun.

Je faillis tout leur raconter. J'en mourais d'envie. Mais j'y renonçai, car je savais qu'ils ne me croiraient pas. Ruben et Jacob se moqueraient et riraient de moi plus encore qu'à l'accoutumée. « Garde-le pour toi, pensai-je. Lorsque le temps viendra, tu en parleras à tes enfants et à tes petits enfants, car ils sauront alors qui est Jésus, tout le monde le saura. » Et c'est vrai, n'est-ce pas, vous connaissez sa vie entière, tout ce qu'il a fait et dit.

Vous pouvez ne pas croire mon histoire, mais vous ne vous moquez pas de moi, vous ne riez pas. Vous pensez simplement que je suis un peu vieux, un peu zinzin. Et vous avez sans doute raison.

Grand-Père finissait son histoire toujours de la même façon, à voix basse.

– Ce bâton de berger que je lui ai donné – j'ai dit à Père que je l'avais perdu dans le noir et il m'en a fait un autre –, Jésus l'a gardé toute sa vie. Il l'avait pour le Sermon sur la Montagne ; lorsqu'il a nourri cinq mille hommes ; quand il est monté à Jérusalem. Il l'avait avec lui presque jusqu'à la fin, jusqu'à ce qu'on le lui prenne, jusqu'à ce dernier jour où, à la place, il a porté la croix.

Ainsi, Grand-Père a achevé son histoire. Mais, hier soir, elle ne s'est pas arrêtée là. Hier soir, la fin de l'histoire a été très différente, stupéfiante même, incroyable, et c'est pourquoi je l'ai aussitôt écrite, pour ne jamais l'oublier, et ne jamais être tenté de croire qu'il ne s'est rien passé.

Tandis que nous étions assis, songeurs, autour du feu, je pensai, comme tous les autres, que l'histoire de Noël de Grand-Père était finie cette année encore. C'était une très belle histoire, mais simplement une histoire. Nous savions avec quel amour Grand-Père avait suivi Jésus toute sa vie. Il prend ses désirs pour des réalités, pensions-nous, c'est tout, ce ne sont que des vœux pieux. Je me rappelle que j'étais assis là, la nuit dernière, à souhaiter pour le bien de Grand-Père que tout cela fût vrai. Quand soudain...

Grand-Père tisonna le feu avec son bâton de berger et des pluies d'étincelles s'élevèrent dans le ciel nocturne. En les regardant, je vis qu'au lieu de se disperser et de disparaître, elles se rassemblaient en une lumière intense, où des signaux lumineux prenaient la forme de centaines, de milliers d'anges, dont les ailes, puis les voix chantèrent dans les airs. Les cieux retentirent alors d'un son si joyeux que je crus que mon cœur allait éclater.

– Gloire à Dieu au plus haut des cieux ! chantaient les anges. Et paix sur la terre aux hommes de bonne volonté !

Une surprise pour Noël

KATE BANKS • GEORG HALLENSLEBEN

Quelque chose allait arriver. Cela se voyait à la façon dont la neige tournoyait et virevoltait, formant des buttes et des bosses. À la façon dont les enfants s'allongeaient dans la neige pour dessiner des silhouettes d'ange, les bras écartés, en signe de bienvenue.

Quelque chose allait arriver. Cela se voyait à la façon dont brillaient les yeux du bonhomme de neige. Et à la façon dont les stalactites fondaient goutte à goutte au soleil, tels des sabliers comptant les secondes.

Mais personne ne remarqua les empreintes autour de l'étable.
Ni les écureuils à la queue en panache qui se pressaient devant la porte.
Personne, personne, personne.

Quelque chose allait arriver. Cela s'entendait aux voix des chanteurs dont la mélodie résonnait dans les rues. Et au carillon des cloches de l'église.

Cela s'entendait au bruissement du papier cadeau et au crissement des ciseaux faisant boucler le ruban. Au frémissement des flocons en papier sur les vitres. Aux cris de joie des enfants qui décoraient l'arbre de Noël.

Mais personne n'entendit les sonnailles des bœufs. Ni les pépiements de la poule apaisant ses poussins. Personne, personne, personne.

Quelque chose allait arriver. Cela se sentait à l'odeur de cannelle et d'épices qui flottait dans l'air. À l'odeur du sapin qui chatouillait les narines dès qu'on entrait dans la maison. Cela se sentait à l'air vif de l'hiver qui rôdait autour des portes et des fenêtres, dans l'espoir de se faufiler. Au bon feu qui dansait dans l'âtre. Aux chaussettes qui attendaient d'être remplies. Quelque chose allait arriver.

Mais personne ne remarqua les queues des petits cochons qui tirebouchonnaient d'impatience. Ni les oreilles du bouc, dressées, aux aguets. Personne, personne, personne.

Quelque chose allait arriver. Cela se voyait à la façon dont les enfants se rassemblaient autour de la crèche. À la façon dont les trois Rois mages offraient solennellement leurs présents.

Mais personne ne remarqua que les lampes de l'étable s'allumaient, une à une. Ni que les moutons hochaient la tête, comme pour dire : « C'est pour bientôt. » Personne, personne, personne.

Quelque chose allait arriver. Cela se sentait à l'odeur de sucre qui parfumait la maison. Aux petits gâteaux alignés sur le plan de travail.
À la maison de pain d'épice avec son toit et ses fenêtres en sucre glace.

Mais personne ne remarqua la litière de paille fraîche dans un coin de l'étable.
Ni le hibou aux yeux ronds qui faisait le guet. Personne, personne, personne.

Quelque chose allait arriver. Cela se voyait aux motifs qu'imprimait le givre sur les vitres, tel un message codé. Cela se sentait à la façon dont les enfants s'agitaient dans leur sommeil. À la façon dont la jument allait et venait dans l'étable. Quelque chose allait arriver.

Personne n'entendit le tintement des clochettes du traîneau lorsque minuit sonna. Personne ne vit qui déposa les cadeaux au pied du sapin et garnit les chaussettes. Ni qui mangea les carottes et les petits gâteaux laissés sur la table. Personne, personne, personne.

Personne n'entendit battre le petit cœur tout neuf lorsque le joli poulain vint au monde. Personne ne vit la souris détaler pour annoncer la belle nouvelle. Et personne ne sut qui avait placé l'étoile au-dessus de l'étable.

Mais, au matin, tout le monde comprit que quelque chose de merveilleux était arrivé : le plus beau des cadeaux.

Le sac à disparaître

Rosemary Wells

Aujourd'hui, c'est Noël.
– Oh, oh ! dit Damien. Il me tarde de voir mon cadeau…

– Regardez ! s'écrie Robert, le grand frère. J'ai un équipement complet de hockey !

– Et moi, annonce Colette, la grande sœur, une trousse à maquillage !

– La boîte du parfait petit
chimiste ! claironne Dorothée,
l'autre grande sœur.

– Moi, j'ai un ours, dit Damien,
un ours en peluche !
Quelle matinée !
Robert manie la crosse,

Colette, les crayons et
Dorothée, pipettes et pilons.
L'après-midi, les trois grands
échangent leurs cadeaux.

Dorothée se pomponne,
Robert joue avec
les éprouvettes et Colette
devient championne de hockey.

Puis Robert se dessine des moustaches, Dorothée marque des buts
et Colette invente un gaz affreux.
– Je peux jouer avec les éprouvettes ? demande Damien.
– Non, tu es trop petit ! répond Dorothée. Tu ferais sauter la maison !

– Je peux patiner ?
demande Damien.
– Non, tu es trop petit,
répond Robert. Tu te ferais mal.

– Je peux me faire une tête
de clown ? demande Damien.
– Non, tu es trop bête, répond Colette.
Tu gâcherais mon rouge à lèvres.

– Mais je vous prêterai mon ours ! dit Damien.
– On n'en veut pas ! On est trop grands ! crient les trois enfants.
– Viens, on va habiller ton ours, propose la mère.
– Non ! répond Damien.

– Viens, on va promener ton ours, propose le père.
– Non ! répond Damien.

Pendant le dîner, Damien boude dans son coin.
– Que lui arrive-t-il ? demande le père.
– Il a dû se donner un coup de crosse, dit Robert.
– Il a dû manger mon rouge à lèvres, dit Colette.
– Non, il a respiré le gaz affreux , dit Dorothée.

Damien boude toujours, près de l'arbre de Noël.
Soudain, il aperçoit un paquet qu'il avait oublié.

Il l'ouvre. Et que découvre-t-il ?
Un sac invisible…
Un sac à disparaître magique !

Damien se glisse à l'intérieur et… disparaît !

– Damien ! appelle Robert.
– Je suis là ! crie Damien.
– Où ça ? demande Robert, étonné.

– Où est passé Damien ? demandent Colette et Dorothée.
– Cherchez-moi ! crie Damien.

Impossible de retrouver le petit frère.
– Et s'il avait explosé ? lance Dorothée.
– Ou alors, il est devenu si beau qu'on ne le reconnaît plus ! suggère Colette.
– Papa ! hurle Robert, Damien patine si vite qu'on ne le voit plus !

La tête de Damien surgit brusquement.
– Où étais-tu passé ? demande Robert.
– J'étais dans mon sac magique, répond Damien.

– Oh, tu me le prêtes ?
s'écrie Robert.
– Moi d'abord ! dit Colette.
– Tiens, prends mes éprouvettes, dit Dorothée.

Damien ouvre son sac magique et les trois grands disparaissent aussitôt.
Damien peut enfin patiner…

inventer de savants mélanges…

se faire une tête de toutes les couleurs…

… jusqu'à l'heure d'aller au lit.
– Déjà ! s'écrie Damien.
– Tu me prêteras ton sac, demain ? demande Colette.
– Tu me le prêtes pour dormir ? demande Dorothée.
– À propos, tu l'as bien rangé ? dit Robert.

Et cette nuit-là,
Damien s'endormit heureux,
près de son ours en peluche.

Il est né le divin enfant

Illustré par Aurélie Guillerey

Refrain

Il est né le divin enfant
Jouez hautbois, résonnez musettes,
Il est né le divin enfant
Chantons tous son avènement.

Depuis plus de quatre mille ans
Nous le promettaient les Prophètes
Depuis plus de quatre mille ans
Nous attendions cet heureux temps.

Ah ! qu'il est beau, qu'il est charmant !
Ah ! que ses grâces sont parfaites !
Ah ! qu'il est beau, qu'il est charmant !
Qu'il est doux ce divin enfant.

Une étable est son logement
Un peu de paille est sa couchette
Une étable est son logement
Pour un Dieu quel abaissement !

Partez grands rois de l'Orient
Venez vous unir à nos fêtes !
Partez grands rois de l'Orient
Venez adorer cet enfant.

Il veut nos cœurs, il les attend
Il naît pour faire leur conquête
Il veut nos cœurs, il les attend
Donnons-les-lui donc promptement.

Ô Jésus, ô Roi tout-puissant
Tout petit enfant que vous êtes,
Ô Jésus, ô Roi tout-puissant
Régnez sur nous entièrement.

Melrose et Croc

EMMA CHICHESTER CLARK

Un jour, c'était juste avant Noël, un petit crocodile vert, qui portait une valise, marchait dans une rue animée.
À quelques pas de là, un chien jaune, qui s'appelait Melrose, rentrait chez lui.

Petit Croc Vert était venu en ville pour voir le Père Noël au grand magasin.
Il était extrêmement impatient. Il lut encore une fois le prospectus :

Venez voir le Père Noël
aux Galeries Lafête !
Réalisez tous vos rêves !

« Demain, songea Croc, sera un jour merveilleux. »

Melrose venait, lui aussi, d'arriver en ville.
Il décorait son nouvel appartement.
«J'aimerais bien avoir quelqu'un avec qui le décorer, se dit-il. J'aimerais bien que quelqu'un d'autre voie tout cela.»

Il contempla les décorations de l'arbre de Noël. «Autant les ranger tout de suite, pensa-t-il. À quoi bon décorer un arbre de Noël pour moi tout seul?»

Ce soir-là, Melrose admira la jolie vue de sa fenêtre et soupira :
– C'est Noël… Je devrais être heureux et pourtant je suis triste.
Petit Croc Vert regardait la vaste mer sous les étoiles.
Il était trop excité pour dormir.

Le lendemain matin, Croc se présenta au grand magasin :
– S'il vous plaît, où pourrais-je trouver le Père Noël ?
– Oh, je crains que vous ne l'ayez manqué, répondit le directeur. Il était ici la semaine dernière. Il est très occupé aujourd'hui : c'est ce soir, Noël.
Croc se retint de pleurer devant tout le monde.

«Je suis nul, pensa Croc. Je me suis complètement trompé…
et, en plus, me voilà trempé ! »
Petit Croc Vert fondit en larmes ; peu lui importait à présent.

Melrose n'avait vu ni Croc
ni la flaque d'eau.
Il était encore un peu perdu
dans cette ville inconnue.
«J'aimerais bien trouver
un moyen de me remonter
le moral, souhaita-t-il.
Et j'aimerais bien aussi
trouver un ami. »
Il soupira. Une dame
distribuait des cadeaux.
– Tenez, pour vous
et les vôtres, lui dit-elle
avec un sourire.
– Merci, répondit tristement
Melrose.

Croc trouva un endroit où s'abriter
de la neige.
«J'ai été trop bête de venir ici»,
pensa-t-il tandis qu'une larme tombait
sur sa valise.

Quand tout à coup il entendit de la musique, une jolie musique
portée par le vent, et il décida de la suivre…

Petit Croc Vert oublia tout. Il s'élança sur la glace, glissa, tourna, virevolta.
Melrose évoluait lui aussi sur la patinoire.
Il filait plus vite que la lumière. Il se sentait plus léger que l'air.
« Si seulement je pouvais patiner toute la vie ! » songea Melrose.
« Si seulement je pouvais patiner toute la vie… » songea Croc.

À droite, à gauche…
en avant, en arrière…
de plus en plus vite…

Quand, soudain…
BADABOUM !

– Aïe ! s'exclama Melrose.
– Ouille ! s'exclama Croc.
Je suis vraiment désolé !
s'excusa Croc.
– Non, non, non,
c'est moi ! insista Melrose.
Allez, venez, allons prendre
un thé.

Au salon de thé, ils se racontèrent tout.
– … Et maintenant, je n'aurai pas de Noël, conclut Croc.
Melrose eut alors une idée de génie.

– Venez donc fêter Noël avec moi ! Nous allons acheter un sapin
et le Père Noël passera !
Croc essuya une dernière larme.
– Cela me ferait très plaisir, dit-il.

Tandis que Melrose préparait le dîner, Petit Croc Vert décora le sapin.
– Regardez ! s'écria Melrose. Je vous l'avais bien dit : le voilà !

Le lendemain, c'était le jour de Noël.
– Tous mes rêves se réalisent ! dit Croc.
– Les miens aussi, dit Melrose.
Je voulais un ami et je vous ai trouvé !
– Moi aussi, je vous ai trouvé !
Joyeux Noël, répondit Croc
avec un beau sourire.

La neige tombe

Jean Richepin • Aurélie Guillerey

Toute blanche dans la nuit brune,
La neige tombe en voletant,
Ô pâquerettes ! une à une,
Toutes blanches dans la nuit brune.
Qui donc là-haut plume la lune ?
Ô frais duvet ! flocons flottants !
Toute blanche dans la nuit brune,
La neige tombe en voletant.

La Chanson des gueux

Le prince amoureux

Michael Morpurgo • Emma Chichester Clark

Il y a des moments où tout semble aller bien sur terre. C'est justement à l'un de ces moments que cette histoire commence. Tout le monde était heureux dans le pays. La moisson paraissait bonne. Le blé doré poussait dans les champs. Les vignes et les arbres étaient chargés de fruits. Les rivières étincelantes regorgeaient de poissons argentés.

Le plus heureux de tous dans ce pays béni, cependant, c'était le prince Frederico. Il se comportait plus en frère qu'en prince avec son peuple, et il était très aimé. C'est pourquoi chacun se réjouit pour lui lorsqu'il trouva enfin l'élue de son cœur, la princesse Serafina. C'était une jeune fille si belle, si gentille, qu'elle gagnait le cœur de tous ceux qui la regardaient. Il lui suffisait de

sourire, et la joie se répandait autour d'elle. Elle chantait, elle dansait. Il lui suffisait de rire, et le monde riait avec elle.

Tous deux se marièrent le jour de l'an, et le peuple fut transporté de joie. On sonna les cloches dans tout le pays. On dansa dans les rues, on s'égaya, on s'amusa, on fit la fête et la foire du matin jusqu'au soir. Personne n'avait jamais connu couple plus heureux.

Mais, au bout d'une année environ, tout avait changé. L'allégresse avait disparu. Chacun pouvait voir qu'un grand chagrin s'était abattu sur la princesse, telle une ombre obscure.

Elle ne souriait ni ne riait plus jamais. Elle ne chantait pas. Elle ne dansait plus. Elle restait des jours et des jours sans parler. Parfois, elle ne mangeait même plus. Le prince Frederico ne parvenait pas à comprendre ce qui était arrivé à sa princesse adorée. Ni personne d'autre, d'ailleurs. C'était un vrai mystère.

La lumière quittait ses yeux. Ses joues perdaient leur éclat. Chaque soir, la princesse s'asseyait à côté de son prince dans la grande salle du palais, sans toucher à son assiette, sans parler à personne. Elle paraissait perdue dans sa propre tristesse, incapable d'en sortir.

Le prince Frederico faisait ce qu'il pouvait pour la rendre à nouveau heureuse, pour lui réchauffer le cœur.

Chaque année à Noël, pour lui témoigner son amour, il la couvrait de cadeaux, et de robes tissées de soie fine. Il lui fit aussi présent de rubis, d'émeraudes, de saphirs, et d'un couple de colombes blanches qui roucoulaient sous sa fenêtre, lorsque la princesse s'éveillait le matin.

Il lui offrit des perruches, des paons, des suricates et des singes, ainsi que deux lévriers pour qu'ils restent toujours auprès d'elle et lui manifestent un amour fidèle.

Rien, cependant, ne semblait lui redonner la joie. Aucun époux n'aurait pu se montrer plus gentil, plus aimant que le prince. Il faisait de son mieux pour tenter de comprendre ce qui avait pu enfermer la princesse dans une telle tristesse.

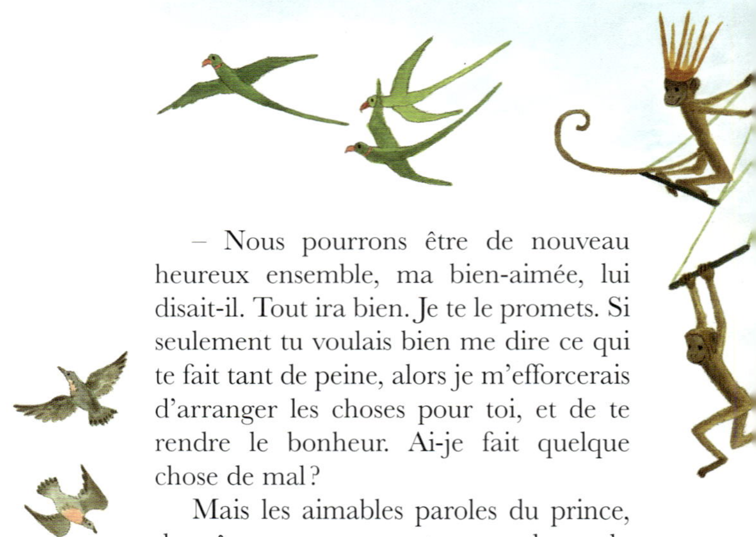

– Nous pourrons être de nouveau heureux ensemble, ma bien-aimée, lui disait-il. Tout ira bien. Je te le promets. Si seulement tu voulais bien me dire ce qui te fait tant de peine, alors je m'efforcerais d'arranger les choses pour toi, et de te rendre le bonheur. Ai-je fait quelque chose de mal ?

Mais les aimables paroles du prince, de même que ses somptueux cadeaux, la laissaient de marbre. Elle détournait la tête, et gardait le silence. Même

lorsqu'il la prenait dans ses bras et l'embrassait tendrement, elle semblait toujours loin de lui, plongée dans son chagrin. Le prince en avait le cœur brisé. Rien de tout ce qu'il faisait ne semblait pouvoir l'aider. Le médecin du palais rendait visite à la princesse chaque jour, mais il était aussi déconcerté et perplexe que n'importe qui d'autre. Aucun des remèdes qu'il lui prescrivait n'avait le moindre effet.

La pauvre Serafina ne pouvait échapper à son chagrin, pas même dans ses rêves. Toute la nuit elle restait allongée sans dormir. Toute la journée elle restait assise dans sa chambre, indifférente aux mets les plus raffinés, les plus délicatement épicés que le prince Frederico lui apportait. Elle ne mangeait qu'un peu de fruits, ne buvait qu'un peu d'eau. Rien d'autre. Elle était accablée de tristesse. « Peut-être sera-t-elle plus gaie, pensa le prince, lorsque le ciel gris de l'hiver se sera dissipé. »

Après une attente interminable, le printemps arriva enfin, les oiseaux se remirent à chanter, et les jonquilles dansèrent au soleil. Mais la princesse demeurait toujours aussi triste. Le prince Frederico craignait à présent pour la vie de Serafina, et le médecin du palais aussi.

– Elle se meurt peu à peu, prince, lui dit le médecin, les yeux remplis de larmes. Elle semble avoir perdu l'envie de vivre. Si elle ne veut plus de la vie, alors ni moi ni personne n'y pouvons plus grand-chose. Tout ce que je pourrais vous conseiller, c'est de lui faire prendre l'air frais du printemps. Peut-être qu'une promenade à cheval chaque jour lui sera profitable.

Aussi, le lendemain matin, le prince Frederico l'emmena-t-il faire une longue promenade à cheval sur les collines, là où l'air était pur, vivifiant, là où ils pouvaient contempler le pays qui s'étendait devant eux, et voir combien il était vert, magnifique, sous le ciel d'un bleu sans nuages.

Il passa son bras autour de sa taille.

– N'est-ce pas le plus bel endroit de la terre, ma chérie ? murmura-t-il. Ici, on sent la douceur de vivre, tu ne trouves pas ?

Mais la princesse Serafina ne répondit pas. Elle fixait les champs de blé, ne voyant que le vide, ne ressentant que la solitude.

Lorsque le printemps laissa place à l'été, la princesse était devenue trop faible même pour monter à cheval. Mais le prince l'aimait beaucoup trop pour renoncer à l'aider. Jour après jour, il l'emmenait se promener à pied dans la campagne. Rien, cependant, ne semblait plus trouver grâce aux yeux de Serafina, ni la tiédeur de la brise qui caressait son visage, ni les vautours qui décrivaient des cercles en lançant leur cri au-dessus des collines, ni l'alouette qui prenait son envol dans les champs et s'élevait dans le ciel, ni les saumons qui bondissaient

dans l'eau, ni le bruissement des saules au bord de la rivière. Rien ne touchait son cœur.

Puis vint l'automne. La princesse était trop malade, à présent, pour se promener chaque jour avec le prince. Il s'asseyait donc auprès d'elle à la fenêtre, lui tenait la main en priant, espérant le premier signe d'une guérison miraculeuse. Rien ne venait. Les douces brumes matinales s'étendaient sur la prairie. Les arbres resplendissaient de couleurs rouges, or et orangées sous le soleil de l'après-midi.

Mais la princesse n'y voyait aucune beauté, elle n'en tirait aucune joie.

Vint ensuite l'hiver avec ses vents rugissants et ses violentes tempêtes. Le prince s'asseyait maintenant dans la chambre de la princesse, près du feu. Il lui lisait des histoires pendant les longues et sombres veillées, même s'il savait qu'elle ne l'écoutait pas. Une semaine environ avant Noël, la princesse devint trop faible pour se lever de son lit. Le médecin du palais hocha la tête et dit au prince qu'il ne connaissait aucun remède qui puisse la sauver désormais, qu'il devait donc se préparer au pire.

– Non ! s'écria le prince. Elle ne mourra pas. Je ne la laisserai pas mourir.

Mais au fond de son cœur il avait peur de ne plus pouvoir rien faire.

À l'intérieur du palais, puis au-dehors, se répandit rapidement la nouvelle que la princesse était mourante, et qu'il ne s'agissait plus que d'une question de jours. Le grand chambellan ordonna d'interrompre tous les préparatifs de Noël, d'enlever le houx, d'ôter le sapin de la grande salle, et il annonça qu'on ne fêterait pas Noël cette année-là.

Dans l'entourage du prince, ce n'était que tristesse et compassion pour lui. Les amis, la famille pleuraient ouvertement. C'était plus qu'il ne pouvait endurer. Il ne voulait qu'une chose, à présent : échapper à tout cela. Il sauta sur son cheval et partit au galop dans la campagne, afin d'être seul. Il chevaucha longtemps, laissant libre cours à ses larmes, hurlant dans le vent, dans le blizzard aveuglant qui tourbillonnait soudain autour de lui. Il continua de galoper à travers la tempête de neige, ne sachant plus quelle distance il avait parcourue, ni où il était, d'ailleurs il ne s'en souciait guère.

Mais bientôt son cheval refusa d'aller plus loin. La neige était trop profonde, le vent trop violent. Aussi, lorsque le prince aperçut la fenêtre éclairée d'une maisonnette, il sut qu'il lui fallait s'arrêter et chercher un abri.

En approchant, cependant, et en mettant pied à terre, il constata que ce n'était pas du tout une maison, mais une roulotte, une roulotte de gens du voyage.

Il monta les marches et frappa à la porte.

Un jeune garçon souriant lui ouvrit et l'invita aussitôt à entrer. Il ne semblait pas surpris de le voir. En fait, le prince eut comme l'impression qu'il était attendu par toute cette famille de voyageurs, à en juger par leur générosité, leur spontanéité, et la chaleur sans partage de leur accueil.

Ils s'occupèrent du cheval du prince, l'emmenèrent à l'écurie avec les leurs, s'empressèrent de le brosser et de le nourrir.

Ensuite, ils installèrent le prince près du poêle, et lui donnèrent un bol de soupe brûlante pour le réchauffer. À la lueur des lanternes, il distingua une bonne douzaine de visages qui le regardaient boire sa soupe. Certains étaient vieux, d'autres jeunes, mais tous étaient bienveillants.

Il n'y avait pas de tristesse, ici, partout où il regardait, il ne voyait que des sourires, n'entendait que des rires.

Personne ne semblait savoir qui il était. Pour eux, il n'était qu'un inconnu qu'ils avaient recueilli dans la tempête.

Toute la soirée, il resta avec eux, tandis qu'ils chantaient leurs chansons et racontaient leurs histoires. Puis le vieux grand-père, le chef de famille, se pencha vers le prince pour lui parler :

– Vous avez entendu nos chansons, étranger, vous avez entendu nos histoires. N'y a-t-il pas une chanson que vous aimeriez nous chanter ? N'y a-t-il pas une histoire que vous aimeriez nous raconter ?

Le prince réfléchit un instant. Il n'y avait qu'une seule histoire dans sa tête.

– Je peux vous raconter ce qui est arrivé à un prince

qui vivait dans un palais, et à une belle princesse qu'il aimait plus que lui-même. Ils avaient été heureux autrefois, jusqu'à ce que…

Et il fit le récit de ses mésaventures. Comme il arrivait à la fin, l'un des enfants leva la tête et s'écria :

– Est-ce que la princesse est morte ? Je ne veux pas qu'elle meure.

– Moi non plus, répondit le prince. Je voudrais que mon histoire finisse bien. Je voudrais tellement que la princesse vive ! Mais, vois-tu, je ne sais pas comment la sauver de sa tristesse, comment lui rendre le bonheur. Vous paraissez tous si heureux, ici, quel est donc votre secret ?

– Oh, c'est très simple, répondit le vieux grand-père, en tapotant sa pipe sur le poêle. Nous sommes ce que nous voulons être. Nous sommes des voyageurs, et nous ne cessons de voyager. Ce n'est pas toujours facile. Comme tout le monde, nous

avons nos ennuis, nous avons nos chagrins. Mais nous essayons de garder le sourire. C'est le plus important, de garder le sourire. Si seulement la princesse de votre histoire parvenait à sourire, alors les choses s'arrangeraient pour elle, et votre histoire aurait une fin heureuse. J'aime les fins heureuses. Pourtant, et c'est étrange, les histoires qui finissent bien nous font souvent pleurer, n'est-ce pas ? C'est drôle. Le rire et les larmes sont très proches. Nous avons sans doute besoin d'un peu des deux.

Le vieux grand-père ralluma sa pipe avant de poursuivre ,:

– Votre prince, dans l'histoire, il aime beaucoup sa princesse, non ?

– Plus que son royaume, répondit le prince. Il donnerait tout son royaume pour la voir de nouveau heureuse.

– Alors, c'est peut-être ce qu'il devra faire, conclut le vieil homme.

Le prince resta éveillé toute la nuit, allongé à côté du poêle, tandis que la famille dormait sur le sol autour de lui. Et pendant tout ce temps, il pensa à ce que lui avait dit le vieux grand-père. Dehors, la tempête s'apaisait.

Au matin, le prince savait ce qu'il devait faire pour sauver Serafina, sa bien-aimée. Il avala un solide petit déjeuner avec la famille, et les remercia tous du fond du cœur de leur gentillesse. Puis, après leur avoir souhaité un joyeux Noël, il remonta sur son cheval et retourna chez lui sous la neige, en espérant ardemment que l'état de la princesse Serafina ne se serait pas aggravé lorsqu'il arriverait là-bas.

Elle n'allait pas plus mal, mais elle n'allait pas mieux non plus. Le prince Frederico savait qu'il n'y avait pas de temps à perdre. Il réunit aussitôt ses conseillers.

– Envoyez des messagers dans tous les coins du pays, leur ordonna-t-il. Dites au peuple que j'abandonnerai mon royaume tout entier, mes titres, mes terres, et tout ce que je possède à celle ou à celui qui parviendra à rendre le sourire à la princesse.

Les conseillers protestèrent à grands cris, mais le prince refusa de discuter.

– Je veux que l'on proclame que quiconque en sera capable, et souhaitera obtenir mon royaume, devra venir au palais à Noël, c'est-à-dire dans deux jours.

Il se tourna vers le grand chambellan.

– Pendant ce temps, nous organiserons des réjouissances dans le palais, à travers tout le pays, comme nous le faisons toujours à ce moment de l'année. Je ne veux plus de tristesse. Je veux que la princesse ressente la joie de Noël autour d'elle. Je veux que ce palais retentisse de rires. Je veux entendre s'élever les chants. Je veux qu'elle sente le fumet des tartes et des gâteaux, du porc et des oies rôtissant sur leur broche. Je veux que tout se passe comme d'habitude. Nous sommes peut-être tristes, mais nous devons faire croire que nous sommes gais. Il faut qu'elle sache que Noël est le plus beau des jours. Il faut qu'elle l'entende, qu'elle en soit convaincue.

Des messagers furent donc envoyés au loin, dans chaque vallée, dans chaque hameau, dans chaque ville du royaume.

Pendant ce temps, comme le prince l'avait ordonné, toutes les pièces, toutes les salles du palais furent à nouveau décorées, et les jeux, les réjouissances, recommencèrent.

Le jour de Noël, aux premières lueurs de l'aube, la cour du palais fut remplie de saltimbanques et de bouffons, de jongleurs, d'acrobates, de contorsionnistes, tous vêtus de merveilleux costumes aux couleurs éclatantes, tous répétant leur numéro. Il y avait aussi des animaux – des éléphants d'Inde, des poneys d'Espagne, des chimpanzés d'Afrique.

Dans la grande salle, les gens attendaient que le prince Frederico apparaisse, et quand ils le virent enfin descendre l'escalier, portant la princesse dans ses bras, ils se levèrent, les acclamèrent chaleureusement, et leur présentèrent leurs meilleurs vœux, espérant de tout leur cœur que Serafina allait sourire.

La princesse paraissait si pâle, si frêle, que beaucoup pensèrent qu'elle ne verrait pas le nouvel an. Mais ceux qui étaient là, ce jour de Noël, savaient que c'était sa dernière chance, son seul espoir, et qu'ils avaient un rôle à jouer. Ils feraient tout ce qu'ils pourraient pour l'égayer, pour lui faire savoir combien ils l'aimaient. Lorsque les grandes portes s'ouvrirent et qu'entra le premier des artistes, un bouffon avec un seau sur la tête, ce fut un éclat de rire général, chacun jetant de temps en temps un coup d'œil vers la princesse, dans l'attente de la voir sourire.

Les uns après les autres, les bouffons et les saltimbanques entrèrent pour faire leur numéro. Ils batifolaient, tournoyaient, se faisaient des croche-pieds, roulaient sur eux-mêmes, mais pendant tout le spectacle la princesse resta de marbre. Les jongleurs et les acrobates, les meilleurs du royaume, faisaient la roue autour de la salle en exécutant des sauts périlleux. Ils émerveillaient et captivaient tout le monde,

sauf la princesse. Tout le monde hurlait de rire devant les contorsionnistes qui entremêlaient leurs membres, tout le monde, sauf la princesse.

Lorsque les éléphants vinrent en trompetant, portant sur leur dos les chimpanzés qui gloussaient, lorsque les poneys dansèrent et bondirent au rythme de la musique, Serafina contempla le spectacle d'un air absent, le cœur vide, sans éprouver le moindre amusement. Quand les derniers artistes quittèrent la salle et que les hautes portes se refermèrent sur eux, un grand silence tomba, un silence

lourd de chagrin. Le prince Frederico savait, comme les autres, qu'il n'y avait plus d'espoir, que rien sur terre ne pourrait dissiper les ténèbres dans lesquelles la princesse s'était enfoncée, qu'elle était perdue à jamais.

Mais, juste à ce moment-là, l'une des grandes portes s'ouvrit en grinçant, et un visage apparut dans l'entrebâillement. Un visage masqué.

– Qui êtes-vous? demanda le prince Frederico, tandis qu'une troupe de comédiens pénétrait dans la salle.

Ils ne portaient pas de costume, simplement des masques. On voyait que certains étaient plus âgés, d'autres plus jeunes. Il y avait des femmes, il y avait des hommes.

Mais tous avançaient avec légèreté, tels des danseurs. Les mains jointes, ils parcoururent ensemble la grande salle jusqu'à l'endroit où le prince et la princesse étaient assis.

– Qui êtes-vous? répéta le prince.

– Nous sommes un âne, dit l'un.

– Nous sommes un chameau, dit l'autre.

– Nous sommes une vache.

– Je suis un mouton.

– Je suis une chèvre.

– Je suis une oie.

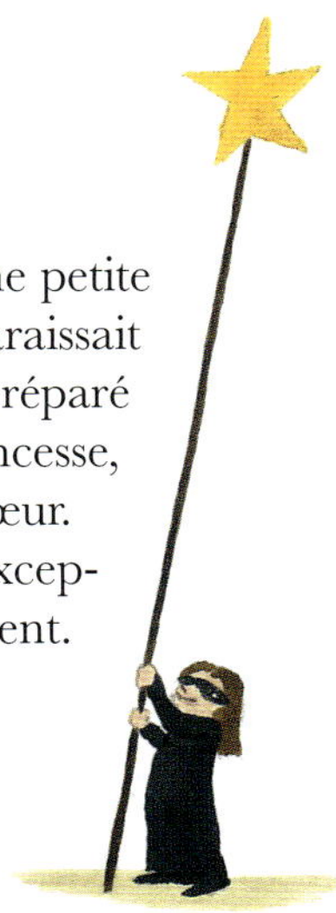

– Et moi, je suis une étoile, intervint une petite voix flûtée, tandis qu'une étoile d'or apparaissait au bout d'une longue perche. Nous avons préparé un spectacle de marionnettes pour la princesse, une pièce de Noël pour lui réchauffer le cœur.

Sur ces mots, tous les comédiens, à l'exception de l'enfant qui tenait l'étoile, ressortirent.

Quelques instants plus tard, une oie surgit sur le seuil de la grande porte, jetant de tous côtés des regards impérieux, comme si le palais lui appartenait. Puis, d'un pas audacieux, comme si personne d'autre n'avait le droit d'être là, elle entra dans la vaste salle en se dandinant, s'arrêtant pour faire signe à un mouton, à une chèvre et à une vache qui se trouvaient derrière elle, de la suivre. C'étaient des marionnettes grandeur nature, toutes manipulées – l'oie aussi – par des marionnettistes masqués. Ils parvenaient à leur insuffler tant de vie que bientôt on ne regarda plus que les animaux eux-mêmes, les marionnettistes devenant presque invisibles. Menés par cette oie autoritaire, qui était devenue très vite la chouchoute du public, les animaux s'installèrent pour dormir sous l'étoile d'or. Un âne entra alors, un âne qui semblait bien las. Sur son dos, il portait une dame enveloppée dans une cape sombre. Chacun comprit qu'il s'agissait de Marie, bien sûr. Et celui qui menait l'âne, c'était Joseph. Il l'aida à mettre pied à terre, la conduisit vers les autres animaux qui dormaient, et la fit asseoir pour qu'elle puisse se reposer. Tous se mirent à chanter un cantique de Noël. « ô belle nuit, ô douce nuit, tout est calme et tout brille. »

Lorsqu'ils arrivèrent à la fin de la chanson, Marie écarta doucement les pans de sa cape, et tout le monde vit le bébé qui se trouvait à l'intérieur.

Une exclamation étouffée s'éleva du public lorsqu'il s'aperçut que l'enfant aussi était une marionnette. Ses petits poings s'agitaient dans l'air. Il donnait des coups de pied. Il criait. Il gazouillait. Soudain, la princesse se redressa, elle porta la main à sa bouche, et des larmes ruisselèrent sur ses joues. Voyant à quel point elle était bouleversée, le prince se leva aussitôt d'un bond pour interrompre le spectacle mais, avant qu'il ait pu faire un geste, elle lui posa la main sur le bras.

– Laisse-les, mon bien-aimé, murmura-t-elle. Je veux tout voir, je veux voir la pièce en entier.

À ce moment, trois chameaux franchirent les grandes portes, menés par des marionnettistes qui se cachaient à l'intérieur. C'étaient des êtres vivants, on les sentait respirer, ils remuaient la tête pour essayer de se défaire de leur bride, donnaient des coups de queue, ruminaient, grognaient en marchant. Et sur le dos de chacun d'eux se tenait un Roi mage chargé de cadeaux.

L'oie s'éveilla soudain, très mécontente de cette intrusion. Elle tourna autour des trois rois en sifflant, la tête basse, les ailes déployées, tandis qu'ils présentaient leurs cadeaux à Marie et au bébé. Puis, sifflant de plus belle, telle une douzaine de serpents furieux, elle se tourna vers les chameaux et les chassa dans la nuit, les trois rois se précipitant derrière eux dans la plus grande confusion. Les rires et les

applaudissements retentirent dans la salle. L'oie salua, puis alla regarder le bébé, avant d'aller se rendormir à côté du mouton, de la chèvre et de la vache.

À cet instant précis, qui donc pouvait faire son entrée, sinon un groupe de bergers qui paraissaient un peu perdus et désorientés. Pour le moment, l'oie continuait de dormir. Les bergers trouvèrent le bébé et s'agenouillèrent devant lui pour lui rendre hommage. Ils commencèrent à lui chanter un cantique, une berceuse :

Dors, mon bébé, d'un très profond sommeil,
Sur toi les anges divins veillent,
Et leurs bénédictions
Doucement caressent ton front.

Tandis qu'ils chantaient, le prince vit que la princesse pleurait toujours, mais soudain, comme par miracle, elle se mit à sourire, à sourire à travers ses larmes. Puis, lorsque l'oie s'éveilla à nouveau, qu'elle vit les bergers, et se mit à les pourchasser tout autour de la grande salle, la princesse se leva, pleurant encore, mais de rire, cette fois.

– J'adore cette oie ! s'écria-t-elle. J'adore cette oie !

Tout le monde s'était levé, à présent, pour applaudir et acclamer les montreurs de marionnettes qui s'avan-

çaient pour saluer. Les applaudissements continuèrent longtemps, car tous voyaient que la princesse aussi applaudissait et riait avec les autres, ses yeux brillant à nouveau de joie de vivre. Plusieurs minutes s'écoulèrent avant que le silence revienne dans la salle.

Le prince prit alors la parole :

– Vous avez fait sourire ma princesse, dit-il aux artistes. Vous l'avez fait rire. Aussi, comme je l'ai promis, mon royaume vous appartient.

Un par un, les comédiens ôtèrent leur masque, et le prince les reconnut. C'était la famille de voyageurs qui l'avait recueilli dans la tempête de neige, et à qui il avait raconté son histoire.

– Nous ne voulons pas de votre royaume, répondit le vieux grand-père, nous voulions simplement être sûrs que votre histoire finirait bien, que la princesse apprendrait de nouveau à sourire. C'est ce qui s'est passé. Les plus beaux jours reviendront bientôt pour elle, et pour vous tous, dans cet heureux pays.

– Alors restez au moins quelque temps avec nous, restez pendant les fêtes, proposa le prince, pour que d'une modeste manière, je puisse vous remercier de votre gentillesse et de votre hospitalité.

Les comédiens acceptèrent et festoyèrent, mais ils ne voulurent pas passer la nuit au palais.

– Les voyageurs, dit le vieux grand-père, en remontant dans la caravane, ne restent jamais bien longtemps au même endroit. Nous aimons voyager sans cesse. Nous allons là où nous portent nos pas. Mais, avant de partir, nous voudrions vous offrir un cadeau de Noël. Notre petite oie. Nous lui en avons parlé. Elle dit qu'elle sera très heureuse de vivre dans un palais, du moment que vous ne la mangez pas.

Ainsi, laissant l'oie derrière eux, ils reprirent leur chemin dans la nuit. Personne ne savait d'où ils étaient venus. Personne ne savait où ils allaient. Personne ne les revit jamais.

L'année suivante à la même période, la princesse Serafina n'avait pas seulement retrouvé santé et bonheur, elle avait aussi un bébé dans les bras, et c'était précisément ce qu'elle avait désiré pendant tout ce temps. Dans la pièce qu'ils présentèrent dans la grande salle, le jour de Noël, la princesse joua Marie, et son enfant joua le nouveau-né, agitant à merveille les pieds et les poings. L'oie, bien sûr, insista pour continuer à jouer le rôle de l'oie. Ce n'était pas un animal ouvert à la discussion. Et en son honneur – de peur qu'elle ne l'apprenne – personne ne mangea plus d'oie rôtie à Noël.

Mon beau sapin

ILLUSTRÉ PAR PIERRE-MARIE VALAT

Mon beau sapin, roi des forêts,
Que j'aime ta verdure !
Quand, par l'hiver, bois et guérets
Sont dépouillés de leurs attraits,
Mon beau sapin, roi des forêts,
Tu gardes ta parure.

Toi que Noël planta chez nous
Au saint anniversaire,
Joli sapin, comme ils sont doux,
Et tes bonbons et tes joujoux ;
Toi que Noël planta chez nous
Tout brillant de lumière.

Mon beau sapin, tes verts sommets
Et leur fidèle ombrage,
De la foi qui ne ment jamais,
De la constance et de la paix,
Mon beau sapin, tes verts sommets
M'offrent la douce image.

J'ai d'mandé au Père Noël

Jean Naty-Boyer • Muriel Kerba

J'ai d'mandé au Père Noël
Qui se promène dans le ciel
De m'apporter une trompette
Pour faire trois fois «pouet pouet pouet»
Mais le Père Noël, hélas,
M'apporta des maracas
Pour les entendre jouer
Il faut savoir les secouer
Il y avait dans sa musette
Trois jolies petites clochettes
Qu'il a bien voulu m'prêter
Et on les entend tinter
Comme il faisait très froid
Il m'a donné une guitare
Et j'ai joué toute la nuit
Pour faire danser les souris

Le sapin de Noël de Trotro

Bénédicte Guettier

AUJOURD'HUI C'EST NOËL.
PAPA A APPORTÉ
UN GRAND SAPIN.

TROTRO TROUVE
QUE LE SAPIN SENT BON...

...MAIS AUSSI
QU'IL PIQUE UN PEU.

LE PAPA DE TROTRO
LUI DONNE TOUTE
UNE BOÎTE DE DÉCORATIONS
POUR L'HABILLER.

TROTRO LES SORT TOUTES DE LA BOÎTE POUR LES REGARDER.

IL Y A DES BOULES DE NOËL DE TOUTES LES COULEURS

ET AUSSI PLEIN DE PETITS OBJETS TRÈS MIGNONS.

TROTRO EN PROFITE POUR JOUER AVEC EUX.

DANS LA BOÎTE IL Y A AUSSI DE MAGNIFIQUES GUIRLANDES TRÈS BRILLANTES.

TROTRO S'EN FAIT UN BEAU DÉGUISEMENT.

TOUT AU FOND DE LA BOÎTE,
IL Y A UNE GRANDE ÉTOILE QUI SCINTILLE.

ON DIRAIT UNE VRAIE !
DIT TROTRO.

MAIS, MAINTENANT, IL N'Y A PLUS RIEN
DANS LA BOÎTE ET TROTRO
S'ENNUIE UN PEU.

IL DÉCIDE DE DÉCORER LE SAPIN.

IL COMMENCE PAR ACCROCHER
TOUS LES PETITS OBJETS,
PUIS IL CONTINUE AVEC LES BOULES
DE NOËL.

ET IL TERMINE
PAR LES GUIRLANDES.

TROTRO EST TOUT ÉBLOUI
PAR SON BEAU SAPIN.

COMME C'EST JOLI ! DISENT PAPA ET MAMAN. ON DIRAIT QUE LE SAPIN A UN JUPON.

COMME JE SUIS PETIT, JE N'AI DÉCORÉ QUE LE BAS ! DIT TROTRO.

COMME JE SUIS UN PEU PLUS GRANDE, DIT MAMAN, JE VAIS DÉCORER LE MILIEU DU SAPIN AVEC CES PAPILLOTES !

TROTRO AUSSI TROUVE QUE C'EST UNE BONNE IDÉE.

ET COMME JE SUIS TRÈS GRAND, DIT PAPA, JE VAIS METTRE L'ÉTOILE EN HAUT DU SAPIN... ET MAINTENANT, AU DODO !

PAS DU TOUT ! DIT TROTRO. IL NE FAUT PAS OUBLIER NOS PETITS SOULIERS.

...ET UN PETIT DESSIN
POUR LE PÈRE NOËL :
LE PAUVRE, IL FAIT DES CADEAUX
À TOUT LE MONDE ET PERSONNE
NE LUI EN FAIT JAMAIS !

C'EST LA NUIT DE NOËL,
TROTRO DORT ET IL FAIT
UN TRÈS BEAU RÊVE !

Le merveilleux Noël des Rois et des Reines

ALEX SANDERS

Le jour de Noël approchait…
Et, comme chaque année, la Reine JouJou écrivait une longue, une très longue lettre au Père Noël :
« Cher Père Noël, j'organise cette année un réveillon royal, et je voudrais avoir énormément de jeux et de jouets pour m'amuser avec tous mes amis rois et reines. Voici les cadeaux que je voudrais… »

Et, comme chaque année, la reine envoyait sa missive jusqu'en Laponie, au pays du Père Noël, par avion télécommandé. Mais voilà que le petit avion traversa une redoutable tempête de neige, et prit beaucoup de retard.
Il faillit s'écraser au beau milieu d'une forêt. Une forêt grouillante de loups…
Mais il arriva finalement ! Ouf !
L'un des lutins du Père Noël entendit vrombir son petit moteur, il se précipita à la fenêtre :

– Père Noël ! Père Noël ! C'est la lettre de Sa Majesté la Reine JouJou !

– Hum ! hum… commenta celui-ci, je trouve que cette petite reine en demande un peu beaucoup ! Nous sommes le 22 décembre ! Je ne suis pas du tout certain d'avoir le temps de préparer tous les cadeaux de Son Altesse, j'ai encore trois cent vingt-quatre millions de paquets à faire !
Le Père Noël avait pris du retard, lui aussi.

À son tour, le Père Noël écrivit à la Reine JouJou une gentille petite lettre pour expliquer tout cela. Mais la Reine JouJou reçut la nouvelle comme une catastrophe.
– Ce n'est pas du jeu ! pleurnicha-t-elle dans les jupons de son amie la Reine BisouBisou, venue la consoler.
La Reine ChocoChoco accourut, elle aussi, avec quelques friandises chocolatées pour lui remonter le moral, et le Roi DouDou proposa un doudou lapin pour lui faire un câlin, mais peine perdue : la Reine JouJou était extrêmement déprimée.
C'est alors que le Roi ZinZin arriva dans sa tenue de Noël.

Comme toujours, il avait une idée géniale et farfelue pour résoudre le problème…

… C'était d'aller aider le Père Noël et ses lutins à préparer les cadeaux ! Avec enthousiasme, une petite expédition fut rapidement organisée.

La Reine RoseRose et le Roi HardiHardi voulurent en être aussi.
On attela le traîneau de Sa Majesté le Roi DouDou, et voilà la royale petite troupe partie pour le Grand Nord !

Mais voici qu'ils rencontrèrent, eux aussi, la tempête de neige… Et, face au puissant blizzard, l'attelage s'enlisa dans la poudreuse.
– On ne voit rien que du blanc ! s'inquiéta la Reine RoseRose.
Plein d'ardeur et d'énergie, le Roi HardiHardi poussa le traîneau, le Roi ZinZin, lui aussi, s'attela à la tâche.
Alors, les Toutous de Sa Majesté le Roi DouDou s'élancèrent dans la plaine enneigée. Mais, sans le savoir, tout ce joli monde s'approchait de la forêt aux loups…

Une meute de loups féroces les attaquèrent, ils poussaient des « Woouu ! Woouuhouuuuu ! » à glacer le sang.
Le Roi DouDou fit partir ses chers Toutous qu'il ne voulait pas voir finir en petits pâtés pour loups affamés.

Heureusement, le courageux et héroïque Roi HardiHardi les combattit vaillamment.
Il avait déjà affronté des dizaines de dragons, alors ces mauviettes de loups, il en faisait son affaire.
C'est alors que le Roi ZinZin, du haut d'un sapin, aperçut quelque chose à l'horizon…

C'était un petit refuge au milieu de nulle part. Quelle chance ! Ils étaient sauvés… enfin presque, car il fallait se frayer un chemin dans la neige. C'était épuisant, la Reine RoseRose était toujours verte de peur, la Reine ChocoChoco complètement glacée, quant à la Reine BisouBisou, elle tenait à peine sur ses genoux ! Le Roi HardiHardi découvrit une bougie et quelques bûches pour allumer un petit feu de bois. Hélas, il n'y avait rien à manger !

Heureusement, le Roi ZinZin trouva au fond de sa poche une boîte de sardines… Et, au lieu du réveillon royal que la Reine JouJou leur offrait chaque année, ils durent se contenter d'une demi-sardine chacun. Pour le dessert, ils partagèrent l'œuf en chocolat qui ornait la couronne de la Reine ChocoChoco. Triste Noël ! Et ils s'endormirent, épuisés, en se demandant ce qu'ils allaient devenir.

C'est alors qu'une lumière intense éclaira le ciel et la fenêtre du refuge…

C'était le Père Noël, en personne !
Il venait voir qui faisait du feu dans ce petit chalet abandonné.
– Oh ! Mais ce sont des randonneurs égarés ! de royaux personnages !
murmura-t-il dans sa blanche barbe.
Puis il entra doucement dans le refuge, tout doucement, il avait l'habitude de ne pas faire de bruit… Et il transporta tout ce joli monde endormi dans ses bras…

… Jusque sur son merveilleux traîneau.
Ils survolèrent les plaines et les forêts, montagnes et océans, nuages et tempêtes et chacun fit un rêve extraordinaire ! Avec un milliard de petites étoiles !
Puis, au petit matin, les voyageurs endormis arrivèrent enfin au doux Pays des Rois et des Reines…
Mais le Père Noël et ses lutins avaient-ils eu le temps de mettre dans de jolis paquets enrubannés tous les cadeaux de la Reine JouJou ?

La nuit de Noël est une nuit magique ! Sa majesté, la Reine JouJou put enfin contempler tous les splendides cadeaux qu'elle avait demandés.
Pas un ne manquait !

Souverains et souveraines de tous les royaumes s'étaient réunis chez elle pour découvrir leurs cadeaux qui, cette année-là, étaient plus beaux que jamais !

– Bizarre ! J'ai rêvé que je volais sur le traîneau du Père Noël ! s'exclama le Roi ZinZin s'éveillant.
La fête de Noël commença : chacun ouvrit ses cadeaux et s'émerveilla. Ce fut le plus royal des Noëls ! Alors, on dressa une grande table de banquet, où l'on servit une savoureuse dinde aux marrons et une somptueuse bûche glacée.
– Ça ne vaut pas une bonne boîte de sardines au coin du feu, plaisanta le Roi ZinZin, mais bon… Joyeux Noël !

Noël Jazz

Noël Colombier • Martin Jarrie

Noël c'est comme un rythme de jazz,
Ça commence tout doucement
On n'entend que la contrebasse
Comme le cœur d'un petit enfant.
Et sur ce rythme-là, Noël
Chantez tous avec moi, Noël
Chantez, tout bas, tout bas, Noël.

Voici venant du fond de la nuit,
Des bergers avec leur pipeau
Et le chœur est en harmonie,
Avec le chœur de l'Enfant nouveau
Tout comme les bergers, Noël,
Chantez tous avec moi, Noël
Chantez, tout bas, tout bas, Noël.

Et puis les grands Rois mages à leur tour
Font la fête avec leurs musiciens
Les trompettes avec les tambours
Chantent le règne de celui qui vient
Chantons comme les rois, Noël
Un peu plus fort que ça, Noël,
Ça va très bien comme ça.
Noël, Noël, Noël, Noël.

Le sapin de monsieur Jacobi

Robert Barry

Le sapin lui fut apporté
À domicile par un coursier.
Un arbre aussi grand,
aux branchages aussi drus,
Monsieur Jacobi
n'en avait jamais vu.

Il courut ouvrir la porte
à deux battants :
Il l'avait tant attendu,
ce moment.

– Quel arbre magnifique, majestueux !
Pourriez-vous l'installer, mon bon monsieur ?

– Cette année, nous le dresserons
Devant les fenêtres du salon.

Mais, à peine le sapin mis en place,
Monsieur Jacobi fit la grimace :
Le sommet atteignait le plafond déjà haut.
– Grand Dieu ! dit-il, il faut en couper un morceau.

On demanda au majordome
de l'étêter,
Bien que ce gaspillage
eût l'air de l'embêter.
– Dépêchez-vous, Justin,
Dit monsieur Jacobi.
Je veux dès aujourd'hui
Décorer mon sapin.

Une fois la coupe achevée,
On déposa le plumet
Sur un plateau argenté.
– Je sais à qui l'offrir,
déclara Justin.
Il va lui faire plaisir,
ce petit sapin.

On l'offrit donc à miss Adèle
Qui servait son maître avec zèle.

– Ne sera-t-il pas chou
Une fois enguirlandé ?
Mais peut-être qu'il faudrait
Lui couper un bout…

Aussitôt dit aussitôt fait :
En fredonnant un air guilleret,
Saisissant ses ciseaux, miss Adèle
Réduisit l'arbre de Noël…

Jeta le reste à la corbeille,
Vidée plus tard comme les poubelles.

Or ce bout d'arbre attira le regard
Du jardinier qui passait par hasard ;
Car Tom ne pouvait supporter
De voir une plante jetée.

Il l'emporta tout feu
tout flamme
Pour voir quelle tête ferait
sa femme.

– J'ai une surprise, ma chérie !
Sa femme fut tout ébahie.

– Mais c'est tellement petit, chez nous,
Qu'on ne pourra pas garder tout !
Et avant que Tom de dire «ouf» ait eu le temps,
Du sapin elle coupa la tête

Et la jeta par la fenêtre
En deux temps et trois mouvements.

Passait par là l'ours Barnabé
Qui, à quelques poils près, la prenait sur le nez.
– Quelle idée de jeter un sapin
Quand on sait que Noël c'est demain !

– C'est décidé : je le rapporte à la maison !
Voyez, ma mie, un cadeau pour vous et fiston.

– Ne fait-il pas joli, mon sapin, ici ?
Demanda Barnabé d'un ton endormi.
Mais déjà Petit Ours criait au scandale :
– On ne peut pas lui mettre son étoile !

– Tranchons-en un morceau, dit Barnabé.
À partir du pied, ce sera plus beau.

Mais Maman Ours secoua la tête
Et coupa celle de l'arbre de fête.

– Il est superbe ! dit l'ours, sautant en l'air.
C'était une excellente idée, ma chère.
Ornons-le de clochettes, de fruits étranges,
De guirlandes de pop-corn, de cheveux d'ange.

– Décorez-le comme vous voudrez, très cher,
Moi, pour le dîner, j'ai beaucoup à faire.
De ce petit bout d'arbre nous n'avons plus besoin :
Je vais le déposer devant la porte, non loin.

Cette même nuit, un peu plus tard,
Surgit soudain Maître Renard.
Il vit le petit bout, se frotta le menton,
Ouvrit sa besace, y glissa le rogaton.

Puis il détala vers son repaire
Et, d'un bond, sauta la barrière :
Ce cadeau était une affaire !

– C'est mieux qu'un pudding pruneaux et noix !
Dit Madame sans cacher sa joie.

Hélas, la famille découvrit bientôt
Que ce beau cadeau était un peu haut.

– Ne vous faites donc pas de souci,
Je vais régler ça, mes petits.

Puis Benjamin Lapin le découvrit
Devant le repaire de Maître Renard.
Sans hésiter il s'en empare :
– Pour ma famille le Père Noël ici l'a mis.

Il rameuta tout son terrier :
– Venez voir ce que j'ai trouvé !

Et tous les petits lapins,
Une carotte à la main,
Pour l'arrivée du sapin
Dansèrent et festoyèrent.

Monsieur Lapin, qui savait y faire,
Fit un socle au petit conifère.

– Il sera du plus bel effet
Sur notre petite cheminée.

Au milieu, il fut déposé,
Et les enfants de s'écrier :
– Calamité ! Il est penché !

– Il est trop grand, mes p'tits lapins,
Dit Dame Simone, le tranchoir à la main.
Il ferait beau voir qu'on n'en vienne à bout !
Elle le trancha d'un coup sec, d'un seul coup ;
Puis jeta hors du trou…

Le petit bout !

Enfin Guy Souris découvrit
Ce sapin petit, tout petit.

Il le traîna dans la neige
et le froid…

Escalada…

Tomba deux fois !

Et finit par arriver
dans son nid douillet.

– Il est parfait !
Dit madame Guy, qui s'y connaît.

Et au sommet, figurez-vous,
Brillait une étoile en comté
extra-doux.

Oui ! N'était-ce pas inouï
De retrouver chez les souris
Le sapin de monsieur Jacobi ?

Noël

Théophile Gautier • Aurélie Guillerey

Le ciel est noir, la terre est blanche;
Cloches, carillonnez gaîment!
Jésus est né; la Vierge penche
Sur lui son visage charmant.

Pas de courtines festonnées
Pour préserver l'enfant du froid,
Rien que des toiles d'araignées
Qui pendent des poutres du toit.

Il tremble sur la paille fraîche
Ce cher petit enfant Jésus,
Et, pour l'échauffer dans sa crèche,
L'âne et le bœuf soufflent dessus.

La neige au chaume coud ses franges;
Mais sur le toit s'ouvre le ciel,
Et, tout en blanc, le chœur des anges
Chante aux bergers: «Noël! Noël!»

Émaux et Camées

Monsieur Bout-de-Bois

JULIA DONALDSON • AXEL SCHEFFLER

Monsieur Bout-de-Bois vit dans son arbre en compagnie de Madame Bout-de-Bois et de leurs trois petits Bout-de-Bois.
Un jour, il décide d'aller courir de bon matin.
Monsieur Bout-de-Bois, ho ! Monsieur Bout-de-Bois, attention au chien !

– Un bâton ! aboie le chien.
Un excellent bâton !
Exactement le bâton qu'il me faut pour jouer à mon jeu préféré.
Je vais chercher et je rapporte ;
je vais chercher et je rapporte…
Et puis…
… je vais chercher et je rapporte.

– Mais je ne suis pas un bâton !
Vous ne voyez donc pas que c'est moi, Monsieur Bout-de-Bois, *Monsieur Bout-de-Bois*, MONSIEUR BOUT-DE-BOIS.
Et je veux retrouver mon arbre chéri, ma maison !

LES CHIENS DOIVENT ÊTRE TENUS EN LAISSE,
indique le panneau.

Tout a une fin : Monsieur Bout-de-Bois est libre de nouveau.

Alors il se dépêche de rentrer chez lui.
Monsieur Bout-de-Bois, oh ! Monsieur Bout-de-Bois, attention à la petite fille !

– Une petite branche ! s'écrie la petite fille, ravie. Exactement la petite branche qu'il me faut pour gagner la course !

– Tout le monde est prêt ?
Un, deux, trois, lancez à l'eau !

Mais je ne suis pas une petite branche !
Ils ne voient donc pas que c'est moi,
Monsieur Bout-de-Bois, *Monsieur Bout-de-Bois*, MONSIEUR BOUT-DE-BOIS.
Et je m'éloigne toujours plus
de mon arbre et de ma famille !

Monsieur Bout-de-Bois part à la dérive,
entraîné par le courant.
Monsieur Bout-de-Bois, oh ! Monsieur Bout-de-Bois, attention au cygne !

– Une brindille ! dit le cygne.
Elle est très jolie. Exactement
la brindille qu'il me faut pour finir
mon nid.
– Mais je ne suis pas une brindille !

Ils ne voient donc pas que c'est moi,
Monsieur Bout-de-Bois, *Monsieur Bout-de-Bois*, MONSIEUR BOUT-DE-BOIS,
et je veux retrouver mon arbre
et ma petite famille.

Le nid est vide ; Monsieur Bout-de-Bois
est libre.

Il se laisse porter par la rivière
et arrive dans la mer!
Ballotté en tous sens, il est rejeté,
parmi les algues, sur la plage,
loin des siens.

Un papa arrive, une pelle à la main.
Monsieur Bout-de-Bois, oh! Monsieur
Bout-de-Bois, attention au sable fin!
– Un mât! s'écrie le papa. Il est parfait!
Youpi! Notre château a enfin un drapeau.
– Non, je ne veux pas servir de mât
à leur vieux drapeau, ni d'épée
à un chevalier…

ni de porte-baluchon !
Je ne suis pas un crayon !
Je ne suis pas un arc !
Je ne suis pas une raquette…
Ni un boomerang !
Non, je suis…

Monsieur Bout-de-Bois, oh !
Monsieur Bout-de-Bois, attention à la neige !
Arrive un garçon avec une écharpe et un bonnet de laine.
– Un bras pour mon bonhomme de neige ! s'exclame-t-il.
Quelle aubaine !

– MAIS JE NE SUIS PAS UN BRAS ! Personne ne voit-il donc que c'est moi, Monsieur Bout-de-Bois, *Monsieur Bout-de-Bois*, MONSIEUR BOUT-DE-BOIS !

Reverrai-je jamais mon arbre
et ma famille ?
Monsieur Bout-de-Bois est
perdu, Monsieur Bout-de-Bois
est seul abandonné.

Monsieur Bout-de-Bois est couvert
de givre, il est glacé.
Monsieur Bout-de-Bois n'en peut plus.
Ses yeux vont se fermer.
Il s'étire, bâille et s'endort en paix.

Il n'entend pas les cloches
ni les voix mélodieuses de la chorale…
Ni la voix qui dit : « Super,
une petite bûche pour la cheminée ! »

Monsieur Bout-de-Bois dort
profondément sur le tas de bois
à brûler.

Avant qu'il ne soit trop tard,
personne ne peut-il le réveiller ?
Il rêve à ses enfants chéris
et à sa gentille Madame Bout-de-Bois.
Soudain, il se réveille en sursaut.

Quel est donc ce bruit là-haut ?
Au début, on croirait un petit rire,
Mais c'est un grand cri pour finir :
– Oh-ho-ho-ho-ho…
Je suis COINCÉ !
Sortez-moi d'ICI !
Qui est dans la cheminée,
Coincé dans le conduit ?
– Pas de souci ! crie Monsieur
Bout-de-Bois. Je vais vous délivrer.
Ça gratte, ça racle, et tombe une pluie
de suie.
Ça se tortille, ça s'agite et…
un pied surgit !
Ça pousse, ça tire, et ça chute
à grand bruit…
Badaboum ! Le Père Noël atterrit
et le chat déguerpit !

– Monsieur Bout-de-Bois, oh !
Monsieur Bout-de-Bois, mon bon ami !
Merci, mille mercis ! Merci pour la vie !

Alors Monsieur Bout-de-Bois part aider
le Père Noël à distribuer les jouets
aux petites filles endormies…
Et aux petits garçons endormis.

Ils filent à travers la nuit enneigée,
quand le Père Noël dit :
– Plus qu'un foyer à visiter !
Madame Bout-de-Bois se sent si seule.
Ses enfants sont tristes aussi.
Noël ne sera pas Noël sans leur papa
Bout-de-Bois. Ils tournent
et se retournent dans le grand lit.
Mais quel est ce bruit là-haut ?
Quel est donc ce fracas ?
Quelqu'un dégringole au creux de l'arbre.
Un oiseau, un écureuil, une chauve-souris ?
À moins que ce ne soit… mais oui,
ne serait-ce pas… ?

– C'est moi, Monsieur Bout-de-Bois, Monsieur Bout-de-Bois, MONSIEUR BOUT-DE-BOIS, me revoilà !

Et plus jamais je ne quitterai ma famille et mon arbre chéris.

Une fleur m'a dit

Mannick • Charlotte Labaronne

J'ai trouvé dans la nuit une fleur en papier
Sur la neige endormie et je l'ai réchauffée

Refrain
Une fleur m'a dit : c'est Noël aujourd'hui
Ton sapin fleurit, c'est Noël !
Une fleur m'a dit : c'est Noël aujourd'hui
Ton sapin fleurit, c'est Noël !

Elle avait les yeux gris, des étoiles blessées
Le visage meurtri, les cheveux tout mouillés

Je l'ai mise à l'abri pour la faire sécher
Au milieu de la nuit, elle s'est mise à chanter

Je cherchais un ami et la fleur m'a donné
Ses pétales de pluie et son cœur en papier

Crédits

Malgré tous nos efforts, des erreurs ont pu se glisser dans ces crédits. Nous prions les éditeurs, auteurs, illustrateurs et leurs ayants droit de bien vouloir nous en excuser.

La magie de Noël, de Clement C. Moore et Anita Lobel. Reproduit avec l'autorisation de Random House Children's Books, une division de Random House, Inc. Titre original : *The Night Before Christmas*. © Anita Lobel 1984, pour les illustrations. © Gallimard Jeunesse 1991, pour la traduction française. Traduction de Paule du Bouchet.

Noël russe, illustré par Nathalie Novi. Extrait des *Plus beaux chants de Noël*, livre et CD audio, Gallimard Jeunesse Musique. © Gallimard Jeunesse 2006.

Le Noël de Salsifi, de Ken Brown. Publié par Andersen Press Ltd., Londres. Titre original : *Mucky Pup's Christmas*. © Ken Brown 1998. © Gallimard Jeunesse 1998, pour la traduction française. Traduction de Marie Aubelle.

Petit Papa Noël, paroles de Raymond Vincy (musique d'Henri Martinet) © 1946 by Éditions Durand (Eschig), 5, rue du Helder, Paris. Illustration de Jean-François Martin. Extrait des *Plus beaux chants de Noël*, livre et CD audio, Gallimard Jeunesse Musique. © Gallimard Jeunesse 2006.

Un message pour le Père Noël, de Hiawyn Oram et Tony Ross. Publié par Andersen Press Ltd., Londres. Titre original : *A Message for Santa* © Hiawyn Oram 1995, pour le texte. © Tony Ross 1995, pour les illustrations. © Gallimard Jeunesse 1995, pour la traduction française. Traduction de Christine Mayer.

Noël à La Nouvelle-Orléans, paroles (et musique) de Jean Jourdan. © La Boîte à chansons. Partitions disponibles à l'adresse suivante : La Boîte à chansons, BP 22, 05130 Tallard. Illustration d'Anna et Elena Balbusso. Extrait des *Plus beaux chants de Noël*, livre et CD audio, Gallimard Jeunesse Musique. © Gallimard Jeunesse 2006.

Pénélope. Demain, c'est Noël !, d'après Anne Gutman et Georg Hallensleben. © Gallimard Jeunesse 2010, pour le texte. © Nippon Animation Co., Ltd. / NHK Entreprises, Inc. / Shirogumi Inc. 2007, pour les images.

Benjamin, le Père Noël du jardin, d'Antoon Krings. © Gallimard Jeunesse 2005.

Les anges dans nos campagnes, cantique populaire, illustration de Phœbe Anna Traquair (1852-1936), *Angel with Trumpets*, vers 1903. Huile, enduit et feuille d'or sur bois, collection particulière. © Antonia Reeve. Extrait des *Plus beaux chants de Noël*, livre et CD audio, Gallimard Jeunesse Musique. © Gallimard Jeunesse 2006.

La nuit du berger, de Michael Morpurgo et Quentin Blake. Publié par Egmont UK Limited, Londres. Titre original : *On Angel Wings*. © Michael Morpurgo 2006, pour le texte. © Quentin Blake 2006, pour les illustrations. © Gallimard Jeunesse 2006, pour la traduction française. Traduction de Diane Ménard.

Une surprise pour Noël, de Kate Banks et Georg Hallensleben. Publié par Frances Foster Books, Farrar, Straus and Giroux, New York. Titre original : *What's Coming for Christmas ?* © Kate Banks 2009, pour le texte. © Georg Hallensleben 2009, pour les illustrations. © Gallimard Jeunesse 2009, pour la traduction française. Traduction d'Anne Krief.

Le sac à disparaître, de Rosemary Wells. Publié pour la première fois aux États-Unis par The Dial Press. Reproduit avec l'autorisation de Sheldon Fogelman Agency, Inc. Titre original : *Morris' Disappearing Bag*. © Rosemary Wells 1975. © Gallimard Jeunesse 1980, pour la traduction française. Traduction de Marie Saint-Dizier et Raymond Farré.

Merci aux auteurs et illustrateurs
qui ont eu l'obligeance de nous accorder
l'autorisation de reproduire leur œuvre
dans cette anthologie. Leur confiance nous honore
et leur participation nous est précieuse.

Dans la même collection

Les plus belles histoires pour les enfant de 3 ans

Les plus belles histoires pour les enfant de 4 ans

Les plus belles histoires pour les enfant de 5 ans

Le Trésor de l'enfance

Les 30 plus belles histoires pour les tout-petits

Les 15 plus belles histoires pour les petites filles

Les 15 plus belles histoires pour les petits garçons

Les 15 plus belles histoires de princes et de princesses

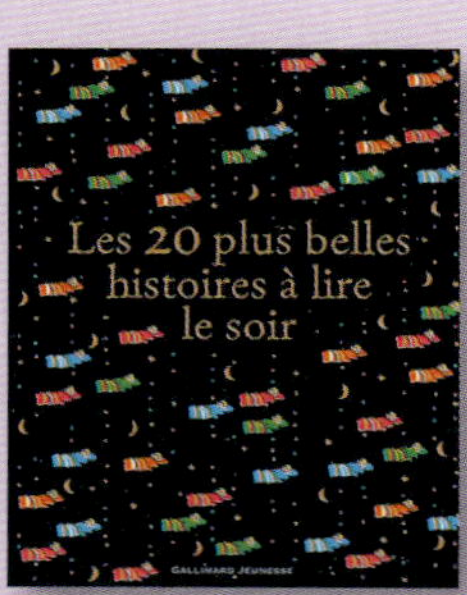

Les 20 plus belles histoires à lire le soir

Les 20 plus belles histoires des papas et des mamans

Le grand livre de la petite princesse

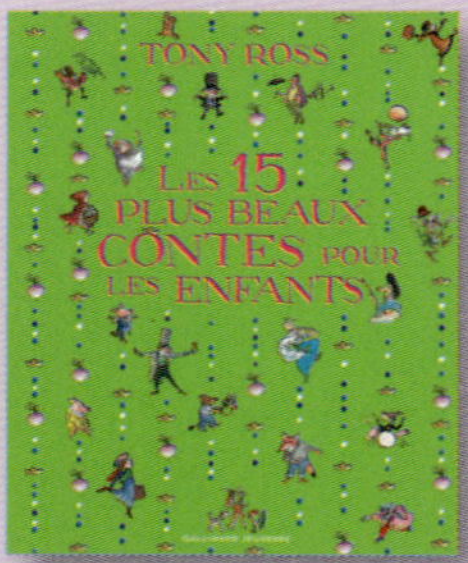

Les 15 plus beaux contes pour les enfants

Le grand livre de contes de Gallimard Jeunesse

Les 40 plus belles comptines et chansons